書下ろし

春風譜（しゅんぷうふ）

風の市兵衛 弐（に）㉛

辻堂 魁

祥伝社文庫

目次

『春風譜』の舞台
北
西
東
南
大川
大川橋（吾妻橋）
利根川
根戸村
我孫子宿
青山村
取手宿
長禅寺
竜ケ崎
布川
中川
江戸川
柴崎村
中峠
布佐
水戸街道
小金宿
手賀沼
千住宿
松戸宿
新宿
水戸街道周辺図

王子周辺図
水茶屋《狐火》
王子稲荷
そば処《稲葉屋》
王子権現
あすか橋
浅草橋御門
神田川
市兵衛の店（永富町）
土もの店
神田鍛冶町
伊東（本石町）
長谷川町
海賊橋
地蔵橋
亀島川
楓川
北町奉行所
南町奉行所
江戸城

地図作成／三潮社

序章　竜ヶ崎からきた男

　その旅人が利根川を渡ったのは、およそ二十年ぶりだった。

　文政八年（一八二五）の年の瀬、旅人は三月余厄介になった竜ヶ崎の貸元・松之助親分の店をまだ暗い夜明け前に出て、その日の昼前、布川の河岸場から利根川南岸の布佐へ渡す渡し船に乗った。

　藤笠を目深にかぶり、黒木綿の半合羽と脚絆をきりりと絞った草鞋掛に、小行李のふり分け荷物を肩にかけ、長どす一本を無造作に帯びた、ねぐら定めぬ遊俠の旅姿だった。

　長く風雪に曝されてきたらしく、旅人の顔は煤けて、頰は痩け、尖った頰骨と角張った顎が目だった。

　一文字に結んだ厚い唇の周りを、白髪混じりの無精髭がうっすらと蔽い、置き去りにした二十年余の歳月がいく筋もの皺を刻んで、垂れた瞼が旅人の顔つきに荒んだ老いの影を落としていた。

旅人は、渡し船の艫船梁に腰かけ、薄墨を刷いたような冬の空の下に悠々と流れる利根川の景色へ、孤独と寂寥に沈んだ眼差しを黙然と投げていた。

はるか下流に、数艘の平田船が白い帆に冷たい川風を孕ませて浮かび、彼方の蘆荻が灰色に枯れ果てた広い河原で、何かに脅かされてか、鴨の一群が飛びたってだんだん高く舞いあがっていった。

旅人は二つ三つ、乾いた咳をした。それから、

「仕舞いをつける、ころ合いだぜ」

と、物憂げに呟いて、着茣蓙の船人足が漕ぐ櫓のゆるやかな軋りと、船縁を叩く波の音に凝っと聞き入った。

布佐にあがり、正月支度に賑わう集落を抜けた。成田道でもある高野山道に出ると、西へとった。西の次の宿場は我孫子宿である。

松林や檜、白樫などの樹林のつらなる丘陵地を上り下りし、新木、中峠をすぎた下ケ戸の手前で我孫子宿に向かう街道と別れ、人通りが絶え深い木々と寒気に閉ざされた間道をとった。

昼すぎ、柴崎村の集落から北の青山村へ向かう水戸街道に出た。

天和三年（一六八三）ごろより、水戸街道は我孫子宿のはずれの、道陸神を祀った追分で高野山道と分かれ、柴崎村、その北隣の青山村、利根川を取手宿に渡り水戸へ向かう道筋を通っていた。

旅人は迷わず、青山村へ街道をとった。

青山村の小高い山の峠から、大きくくねる坂道がなだらかに青山村の集落へ下っていて、茅葺屋根のつらなる集落の北の果てに、まるで一本の細い帯を締めたような利根川の川除堤が見えた。

川除堤の向こうは流作場の畑地が幾重にも続き、その先の松林の連なりによって、利根川の茶色くくすんだ芝原河原と流作場の畑地が隔てられている。

青山村の集落を抜けたひと筋の道は、川除堤を越えて流作場と芝原河原の間を延び、はるか彼方の利根川の渡船場にいたっていた。

利根川の流れは、わずかにしか見えない。

それでも、渡船場の船や船待ちの掛茶屋、川向こうの取手宿の河岸場と、帆を畳んで停泊している平田船が、峠からもどうにか見分けられた。

青山村側の掛茶屋の茅葺屋根を、白い綿のような煙が上っていた。

旅人は青山村へ下る坂道の途中、山裾に開けた畑地の畦道へ入った。

そのあたりの畑地は、夏作物のあとの秋の終りごろに種を播いた大麦が、冬の寒気を突いてようやく発芽したばかりの時季だった。

綺麗な縞模様につらなる麦畑の畝とさくが、畦道に沿って続いていた。

遅い昼下がりの刻限、畑地に人影はなかった。

山肌を深く蔽う木々のどこかで、かけすが鳴いていた。

あのころと何も変わっていない、自分以外は、と切ない悔恨が旅人の胸にこみあげた。ちくちくと、旅人の胸を刺した。

木々に蔽われた山裾にだらだら続く畦道をたどり、やがて、谷間の一画に隠れている狭い麦畑が見えてきた。

葉を落とした一本の柿の木が、その畑の畦道に寂しく枝を伸ばしている。二十年以上がたっても、あの柿の木も昔のままのような気がした。

「あ」

と、そのとき、思わずかすかな声がもれた。

谷間に隠れたその畑に、麦踏みをしているひとりの女が見えたからだ。

女は手拭を姉さんかぶりして、ほっそりとした身体に粗末な紺木綿の野良着を着け、腕貫、脚絆、素足に草鞋履きだった。野良着の膝に手を添え、畝に目を落として小刻みに優しく、麦の芽を踏んでいた。

旅人は谷間の畑へだんだん近づいていった。まさかとは思いつつも、女から目を離さず、遠い昔の面影(おもかげ)を探していた。

やがて、女のいる畑の畦道まできて柿の木の下に佇(たたず)んだ。

女は人の気配に気づき、畝から顔をあげ旅人を見つけた。

姉さんかぶりの下の束(たば)ね髪を背中へ長く垂らした、器量よしの若い女だった。ぱっちりと見開いた目に、戸惑いを浮かべ、この辺では滅多に見かけない一本差しの旅人風体を不審に思うのは、無理もないことだった。

旅人は女を恐がらせないよう、藤笠を持ちあげ、白髪混じりの無精髭に蔽われたくたびれた顔を無理矢理やわらげ、軽い会釈を投げた。

女は自分にかけられた会釈が意外そうに、麦踏みを止めて、誰、と問いかけるように旅人を凝っと見つめた。

「姉(ねえ)さん、驚かせちまって済まねえ。しがねえ旅の者でございやす。旅の途中なんですが、はるか遠い昔、ここら辺に少々所縁(ゆかり)がありやしてね。つい懐かしくなって、ふらりときてみただけなんでございやす。あのころと変わらねえな。この麦畑も柿の木も山の鳥の声も……」

旅人は、女が背にした小高い山よりも高く、薄墨を流したように広がる冬の空へ藤笠を持ちあげた。それから、畑地より低い集落を越えた彼方へと、藤笠をゆっくりと廻らした。

「姉さん、ここは青山村ですね。川向こうは取手宿だ」

そう言って女へ見かえり、くたびれた顔をまたゆるませた。

「青山村の、お治さんと言うおかみさんを、ご存じじゃありやせんか。もう二十年も前の昔で、あっしが最後にお見かけしたお治さんは、二十五、いや六。働き者の芯の強いおかみさんでやした。お治さんとご亭主が、ここら辺の小さな畑を耕し、名主さんの田んぼの小作働きなどにも、夫婦そろって出かけていたのを覚えておりやす。ここはお治さんとご亭主が、ご夫婦で耕していた畑だったんじゃあ、ございやせんか」

女はこたえず、旅人をなおも凝っと見つめている。

「あっしみてえなやくざ稼業の者がいきなり現れ、不審に思われるのは無理もありやせん。お治さんのご亭主が、お治さんとまだよちよち歩きもできねえ赤ん坊を残し、青山村を捨てる前までのことは、あっしもうろ覚えに覚えておりやす。あれから二十年のときが過ぎて、こんな老いぼれになりやすと、近ごろの出来事はすぐ忘れちまうのに、遠い昔の事は、どういうわけか忘れられねえもんでございやすねえ」

旅人はまた、笑い声を力なくまいた。それが乾いた咳になって続き、懐から手拭を出して口を蔽った。

女が気にかけて旅人のほうにきかかるのを、くるんじゃないと、片方の手をふって止めた。ようやく咳が収まり、なんでもないように続けた。

「ご亭主がお治さんと赤ん坊を残して青山村を捨てたとき、犬畜生じゃあるめえし、ご亭主はなんてむごい仕打ちをするんだと、残されたお治さんと赤ん坊がこれからどうして生きていくんだと、傍から見ても哀れに思えてなりやせんでした。もう何年も前になりやすが、常州の旅先で、青山村のお治さんが流行病に罹って亡くなったと風の便りに聞いたときは、胸が潰れやした。線香をあげてせめて掌を合わせてえと思いやしたが、と言ってやくざ渡世のあっしにはどうにもならねえことでございやした。姉さんは……」

旅人は、そこでおのれの空虚な言葉に気づき沈黙した。

女の見開いた目が、きらきらと耀いていた。

「誰……」

やっと言った女の白い頰に、うっすらと朱が差していた。

「ただの通りすがりの、旅人でございやす」

きらきらと耀く目を避けてこたえた。

しかし、女は真に受けなかった。

「おっ母さんが亡くなったのは、九年前のあたしが十三のときです。お父っつあんは死んだと、おっ母さんは言ってました。おっ母さんが亡くなってから、叔父さん夫婦の世話になっています。おっ母さんがいたとき、少しはあった田んぼも畑も、名主さんの借金の形にとられて、残っているのはこの畑だけです。この畑だけが、おっ母さんの残してくれた形見です」

女は旅人から目をそらさなかった。

「おことさんですね。お治さんに目が似ている。ようやく這い這いができるようになったばかりの、赤ん坊でしたね。産衣にくるまっていた可愛い赤ん坊を、覚えておりやす。遠いむかしの記憶が、甦りやす」

おことはたじろぎ、戸惑いとためらいを見せた。

「おことさん、亡くなったお治さんの墓は、どちらに」

旅人は聞いたが、おことは別のことを言った。

「旅人さんがここら辺にどれほどの所縁があっても、あたしとおっ母さんにはなんのかかり合いもありません。ここは、旅人さんのくるところじゃありません。いってください。二度とこないでください」

旅人は、黙って頷(うなず)いた。それ以上の言葉はなかった。

そのとき、山の遠くで柴刈りの唄(うた)う声が、高曇りの空に渺(びょう)渺(びょう)と流れた。

山で啼(な)く声田んぼで聞けば、思いきれきれきりとなく
かわいそうだよ白歯で身持ち、早く丸まげ主のそば
泣くな嘆くないま別れても、いのちさえありゃめぐりあう

旅人とおことは沈黙し、見つめ合った。

柴刈りが繰りかえすかすかな唄声は、山から吹く風のように空を渡って、彼方の利根川のほうへと流れていった。

ふと、旅人はほっそりとしたおことの身体が、なんとはなしに丸みを帯びているのに気づいた。

旅人の胸が音をたてた。

「おことさん、もしかして、身籠っていなさるのかい」

すると、おことのぱっちりと見開いたきらきらと耀く目に、見る見る涙があふれた。ひと筋、二筋と、涙は頰を伝った。

しまった、余計なことを、と思ったが、手遅れだった。旅人はそれをつくろって、また余計なことを言った。

「目でてえじゃありやせんか。ご亭主はおことさんの身体のことを、ご存じなんでしょうね」

おことは目を伏せ、玉のような涙の雫がこぼれ落ちた。

そうか、おめえ、そうなのかい、となぜかそんな気がした。

「誰だい、そいつは」

旅人は踏み出し、つい強い口調になった。

しかし、おことは顔を伏せたままだった。ただ涙をこぼしながら、

「おっ母さんのお墓は、東願寺さまの墓所に……」

と、消え入りそうな声で言った。

嗚呼、なんてこった。可哀想に。許してくれ。

旅人は思った。

その年も押しつまった下旬の風の夜、我孫子宿の西、根戸村の貸元・尾張屋源五郎が、我孫子宿に囲っているめかけの店を出て根戸村の本宅へ戻る途中、賊に襲われ一命を落とした。

そこは、興陽寺の門前をすぎて宿場の家並みが終って上坂に差しかかり、宿場の西方の出入口に祀った馬頭観音をすぎたゆるやかな上り坂だった。

尾張屋源五郎は、我孫子宿と小金宿、あるいは高野山道の中峠の継立の、荷馬人足を差配する請人を問屋場から任されており、請人の用で我孫子宿と根戸村を往来する折りは、手下を従えてはいた。

けれど、宿場の往来から手賀沼のほうへ下る香取神社そばのめかけの店を訪ねた折りの根戸村への戻りは、いつもひとりだった。

めかけを囲っているのは、家の者のみならず、使用人もみな知ってはいても、そういうところを使用人に見られるのを好まなかった。

この土地で生まれ育った源五郎には、通り慣れた道だったこともある。

ほかに人通りはなく、北風が道端の松林を蕭々と鳴らしていた。

その松林に身を隠していた人影が行手に現れてから、源五郎の悲痛な声が夜空に甲走るまで、わずかな間だった。

しかも、それはほんの短い絶叫だったため、宿場にも声を聞いた者はいたが、森の獣の鳴き声だろうと思い、寒風の中をわざわざ確かめにはいかなかった。

源五郎の亡骸を見つけたのは、柏の顧客を訪ねて夜ふけに戻ってきた行商だった。行商は、提灯の灯が照らした仰のけに倒れた源五郎の亡骸を見つけ、わっ、と叫んで我孫子宿の問屋場に走った。

問屋場に詰めていた宿役人らは、行商の知らせを受けて急いで町はずれの現場へ駆けつけた。

馬頭観音をすぎたあたりで仰のけになった源五郎は、精気の失せた目を吃驚したように見開いて、夜空へ向けていた。左首筋から右の腹までの袈裟懸に斬り下げられ、綿入れの衣類は溢れ出た血で真っ赤だった。

亡骸の近くには、燃えさしの提灯が転がっていた。

宿場の医者が呼ばれ、源五郎の亡骸を検視したところ、疵はそれひとつしかなく、ただ一撃で絶命したらしかった。

懐の革の財布はそのまま残されており、金目あての凶行ではなかった。

金ヶ作の陣屋へ尾張屋源五郎斬殺の報せが着いたのは、翌日の昼前だった。

昨夜と同じ、北風が吹きつけるどんよりとした日だった。

陣屋に報せが着いた同じころ、高野山道を中峠より北の小堀(おおほり)の渡船場へ向かう間道へ分かれ、根古谷原(ねごやはら)をすぎ、足尾神社(あしおじんじゃ)に近い人気(ひとけ)のない林道に差しかかった旅人を、その男が呼び止めた。

「寛助(かんすけ)さん、お疲れさんでございやす」

旅人は藤笠の下からその男を認め、意外そうに言った。

「巳ノ助(みのすけ)さんかい。どうしてここに」

「へい。昨夜、寛助さんとわかれやしたあと、中峠の親分に、首尾よく済んだとお知らせしやすと、さすが評判に違わぬ腕前だと親分は感心なさって、寛助さんとこのまま別れてしまうのは心残りだと、もう一度会って礼をしてえと言われましてね。寛助さんが小堀の渡しから吉田(よしだ)へ抜けるとうかがっておりやしたんで、丁度この近くに親分の息のかかった知り合いがおりやす。じゃあ、そこで惜別(せきべつ)の酒を酌み交わし、せめて小堀の渡し場までお見送りしようということで、あっしが寛助さんが見えるのを、今か今かとお待ちしておりやした」

「そうかい。けど、礼など無用だと、親分にお伝えくだせえ。あっしは請けた仕事の方(かた)をつけたあとは、請けた相手とかかり合いを持たねえようにしているんでね。そうするのが、お互いの身のためだからで、悪くおとりになりませんように。お気持ちだけいただき、あっしはこのまま……」

と、いきかかる寛助を巳ノ助はなおも止め、

「ところが寛助さん、小堀の渡しはこの風で利根川が荒れ、渡しは今、休止しておりやす。風がやんで波が収まれば船は出ます。どうせ待たなきゃならねえなら、それまでちょいと寄り道していってくだせえ。親分がお待ちかねなんですよ。仮令（たとえ）、風がやまず船が出なくても、そこの店を宿にすることもできやすし、女だって呼ぶこともできやす。風がやんで、船が出るようになったらお知らせしやす」

この風で川が荒れ、渡しの船が出ていないというのは考えていなかった。中峠へ引っかえし布佐へ出て、というのも頭をよぎらないではなかったが、寛助は迷った。冷たい北風もこたえて、咳も出た。

「ささ、寛助さん、お願えしやす。ほんの少し先でやす。何とぞ、親分の顔をたててやってくだせえ」

と合羽の裾を引かれ、少しだけなら、とつい心を許した。

翌日の夜明け前、渡し場への間道からはずれた根古谷村（ねごやむら）の人気のない林道で、

一体の亡骸を、通りかかった近在の百姓が見つけた。

亡骸は、黒木綿の半合羽に細縞の上着を尻端折りに、股引に手甲脚絆草鞋掛、藤笠をかぶって、長どすの一本差しの旅人風体だった。

旅人に疵はなかった。ただ肋が砕かれ、腕も操りの木偶のそれのように骨が折れていた。止めは、凄まじい怪力で喉頸を締められ、絶命したと思われた。

村役人が金ケ作の陣屋に届け、陣屋の役人の到着まで、亡骸に筵をかぶせ村の者が交替で番をした。

年の瀬の厳しい寒気が、亡骸の腐乱を防いだ。

陣屋より小者をひとり従えた若い手代が出役したのは、翌日の昼すぎだった。

若い手代は、旅人風体の操りの木偶のような亡骸を見て思わず顔をしかめ、

「なんだこれは」と呟いた。そして、顔をしかめたまま、さっさと検視を済ませ旅人の懐を狙った追剝強盗の類に違いない、しかも尋常ではない怪力の賊に違いないと見たてた。

旅人が抜いたらしい長どすは捨てられていたが、刃こぼれひとつなかった。そのほかに、中身の散らばった小行李のふり分け荷物も、道端に投げ出してあり、また、懐が探られていて、布の金入れが空になってこれも捨てられていた。

賊は、すでに絶命して俯せに倒れた旅人の身体を、仰向けにかえして懐を探っていた。

というのも、どうやら旅人は胸を患っていたようで、俯せに倒れたあたりに夥しい吐血の痕跡が見られたからである。旅人の無精髭が吐血にべったりと染まり、乾いていた。

やせ衰えた顔つきから、亡骸は六十歳かそこらの、あるいはもっと年老いた歳のころと思われた。むろん、素性を明かす物は何もなかった。どう見ても、無宿渡世の、名もなき旅人と思われた。

このとき、旅人の検視を行った若い手代は、そのわずか二日前、水戸街道の我孫子宿はずれで、根戸村の貸元の尾張屋源五郎が斬られた一件とのかかり合いを、まったく考慮しなかった。

二つの事件のつながりは、手代の脳裡を一瞬もよぎらなかった。

尾張屋源五郎は根戸村の貸元ながら、我孫子宿の宿役人も一目おく近在の顔利きである。それほどの親分の斬殺事件と、我孫子宿から遠く離れた根古谷村の寂しい林道で、素性も知れぬ老いた旅人が追剝強盗に襲われ落命した一件に、かかり合いがあるとは、つゆほども考えなかった。

「この歳になって旅暮らしは、つらいな」

手代は腐臭を放ち始めた亡骸に筵をかぶせながら、そう呟いただけだった。

現場をひと通り調べると、根古谷の村役人に、亡骸の埋葬と近在の村々へ追剝が出て人が殺された触れを廻(まわ)し、胡乱(うろん)な者か、もしかしたら大男かもしれない怪しい者を見かけたなら、行先を確かめ、金ヶ作の陣屋に知らせるようにと指示して陣屋に戻った。

すなわち、根古谷村で起こった追剝強盗事件は、賊の手がかりすらつかめぬまま放っておかれ、ついには忘れ去られた。

第一章　欠け落ち

一

文政八年、芝愛宕下や平河天神社で歳の市が開かれていた年の瀬のある日、長谷川町の扇職人の左十郎は、正月の祝儀用に杉の扇箱に入れて贈答する白扇作りに追われていたのがようやく一段落した。

本石町の《伊東》など得意先の扇子問屋に、注文の数を無事納入してひと息つき、今年も正月を迎える支度にかかるばかりとなったその日の夕刻、扇職人の弟子でもある倅の又造にさり気なく言った。

「又造、今夜は外で一杯やろう。ちょいと話がある」

又造は、板骨を削る槍鉋などの道具を仕舞う手も止めず、

「うん……」

と、不愛想な返事をした。

「おくめ、今夜は又造と出かける。飯はいい。小春と二人で済ませな」

「おや。どちらへ」

女房のおくめが、台所の板間から顔をのぞかせた。

「人形町の《小牧》へいってくる」

と、左十郎は莨入れを帯に挟んだ。

「うなぎかい。豪勢だね」

　おくめは目を丸くした。

　小牧は人形町通りに表店を構える、うなぎを食わせる古い鰻屋である。

　うなぎの蒲焼は、味噌焼に山椒をまぶしたもので、酒の肴にも飯の菜にも合う値の張る一品だった。文化年中（一八〇四～一八）のころ、近所の堺町の鰻屋で、炊きたての飯にうなぎの蒲焼を載せて食わせる《鰻飯》を始めた。

　これが江戸市民の評判を呼んで、近ごろはどこの鰻屋でも鰻飯を食わせるようになっていた。

　人形町の小牧の鰻飯は値が張り、ひと鉢が二百文だった。風鈴そばのかけそばが、一杯十六文ほどである。おくめが目を丸くするのももっともだった。

「いいじゃないか、又造。この一年よく働いたんだ。親方が言うんだから、年の瀬ぐらい豪勢にやっといで」

おくめは、いつもむっつりして、あまり動作の機敏ではない倅をせかした。

「小牧にいくの。いいな、兄さん」

妹の小春がおくめのあとから顔を出し、地味な職人の店がぱっと明るくなる笑顔をはじけさせた。

又造は嬉しそうな様子も見せず、のそのそと立ちあがった。

おくめは、自分を表に出すのが苦手な倅の気性はわかっていた。もう少ししゃきしゃきと歯ぎれよくできないものかねと、じれったいことはあった。愚痴けれど、目から鼻へ抜ける俊敏さはなくても、一徹な職人の父親の下で、愚痴も不平も言わず、黙々と我慢強く働く倅の気質を、この子はきっといい職人になるのは間違いないと、愛おしくも自慢にも思っていた。

「小春、小牧には今度連れてってやる。おめえらも、《松山》で好きなものを頼んでゆっくりしな」

左十郎が前土間におりて言った。松山は長谷川町の仕出料理屋である。

「わあい。おっ母さん、わたしが松山へいってくる。おっ母さんは何にする」

「松山も豪勢だね。じゃあ、あたしらも贅沢をさせてもらおうか」

「いくぜ」

左十郎が表戸の腰高障子を引いて、先に夕方の路地へ出た。

「いっといで、又造」

おくめが言い、

「兄さん、いってらっしゃい」

と、小春が前土間におりた又造の丸めた背中を、ぽん、と打った。

又造は小春へちらとふり向き、うん、と頷いた。

左十郎と又造は、長谷川町の往来を夕焼け空が耀く人形町へとった。人形町通りの辻に出ると、北へ折れた。四半町（約二七メートル）ほど先に、小牧の軒提灯が下げてある。《うなぎ》と、提灯に記した字が読めた。

小牧の二階の座敷にあがると、はや三組の客がうなぎの蒲焼を肴に酒を呑んでいた。行灯の明かりはもう灯されているが、通り側の窓の白い障子戸に、入り日したばかりの空の燃えるような赤色が映っていた。

年の瀬らしく、窓の下の人通りもまだ賑やかである。

左十郎と又造は、窓ぎわの座について、うなぎの蒲焼を二皿と徳利を二本、案内の女に頼んだ。

「そうだ。おめえ、茶碗蒸が好きだったたな。茶碗蒸も貰うかい」

うん、と又造は相変わらず不愛想な返事をした。

「姉さん、それと茶碗蒸が二つと、漬物を見つくろって頼む」

へえい、と女は高い声をかえして退っていった。

燗酒と、蕪、茄子、胡瓜、牛蒡、人参、のぬかみそ漬けが、初めに出た。二人は手酌で呑みながら、言葉少なに仕事の話をした。

仕事の話になると、又造は案外、饒舌になった。注文の数が減った問屋と増えた問屋の話や、堺町の《中村座》の座頭から注文のきた、檜扇三重の薄板を削る槍鉋の扱いなどの話には熱が入った。

「先だって、親方の用で伊東を訪ねたら、伊東の旦那に、腕をあげたなと、その歳で大したもんだと、言われた。女将さんにも褒められた」

又造は仕事の話の続きに、ぼそりと言った。

「そうかい。なんですぐに言わなかった」

「照れくせえじゃねえか」

そういうことを照れ臭がるのが、又造らしいと思った。

又造は、ほんの二、三杯でもう顔をほんのりと赤らめていた。

「伊東は、うちの一番のお得意さまだ。伊東の旦那は、目が高え。口先だけで職人を褒めたりはなさらねえ。旦那に褒められたってことは、おめえに見こみがあると認めてくださったってことだ。おれもじつは、この一年ほどで大分腕をあげてきたなとは思っていた。おめえもそれを感じているんだろうが、まだ年が明けて二十一歳。職人の道は長え。旦那に認められたからといい気にならず、これまで以上に精進しなきゃあな」

又造はまた、うん、と頷き、仕事の話はそれで途ぎれた。

左十郎は、通り一遍のことしか言えないのがもどかしかった。胸に閊えるものがあって、酒も水みたいだった。

茶碗蒸が出て、又造はそれをたちまち平らげた。

「おれのも食うかい」

「いい」

又造は素っ気なく首を横にふった。窓の障子戸を少し開けた隙間から、暮れなずんでまだ赤い帯を残す西の空をぼうっと眺めた。人通りの絶えない人形町通りの賑わいが聞こえた。二階座敷の客も増えていた。

「へえい、お待ちどうさま」

女がうなぎの蒲焼の皿を運んできた。焼けた味噌の甘辛く香ばしい匂いが、二人の間にたちこめた。

「おお、美味(うま)そうだ。堪(たま)らねえな。姉さん、こいつをもう二本だ」

左十郎は、又造の徳利に酒が充分残っているのはわかっていたが、かまわず、自分の徳利を女にふって見せた。

へえい、と女が退っていき、又造が蒲焼の皿を持って、勢いよく食い始めるのを見て笑った。

「ひと皿だけでなくていいんだ。二皿でも三皿でも、好きなだけ頼むといい。だから落ち着いて食え」

そうして、左十郎もうなぎの蒲焼のひと切れを味わった。やわらかな身が味噌焼の甘辛さとこってりとからんで、溶けていった。

そこへ、女が新しい徳利を運んできた。

「さあ、又造。呑め」

左十郎は、又造に徳利を差した。又造は皿をおき、頬を動かしながらそれを受

けた。杯に満ちた熱燗をひと息に乾し、

「親方……」

と、徳利を差しかえした。

「おう、貰うぜ。済まねえな」

左十郎は、倅とこんなふうに差し向かいで呑むのが嬉しく、それでいて辛くもあった。又造は皿をまた持ちあげ、蒲焼に喰らいついた。

慌てるな又造。先は長ぇ。倅と向き合い、そう思った。

杯をひとなめして、左十郎はさり気なくきり出した。

「まだ先のことになるだろうが、小春は嫁に出すことになりそうだ」

うん？　というふうに又造の手が止まった。うなぎを頬張ったまま、頬の動きも止まって、唇だけがうなぎの油でてらてらと光っていた。

又造は、皿ごしに左十郎を凝っと見つめた。きょとんとした目は、一瞬、空虚がはじけ散って真っ白になった。それから、はじけ散った色が恐る恐る戻るかのように、左十郎を見つめる目が黒くなった。

何を言ってるんだい。わけがわかんねえぜ、お父っつあん。

口にはしないが、目が言っていた。

手に持った皿と箸が、微細に震え出していた。

拙い、とは思った。

だが、言い出したからには、ここで止めるわけにはいかなかった。

「年が明けて、小春は十九だ。嫁入り先を考える、丁度いい年ごろだ」

又造は動かず、何も言わない。

「小春には、亭主と決めた相手がいるらしい。おめえも知っている男だ。伊東の跡とりだった良一郎だ。伊東との間で大分もめたようだが、この秋、父親方の渋井家に戻り、北御番所の見習同心を始めたのは、聞いているだろう」

左十郎は、続けて杯をあおった。

「今にして思えば、もっともな話だったのかもな。おめえは小春の兄さんだ。妹の小春は、ずうっと一緒に暮らしている兄さんを亭主にと考えられねえのは、ごくあたり前の気持ちに違いねえ。兄さんは兄さん、亭主じゃねえってな。良一郎は小春と歳も同じ十九歳で、伊東でも町内でも初中終顔を合わしてきた幼馴染みだった。初心な子供なりに魅かれ合い、男になり女になった今も、その思いが変わらねえなら、仕方がねえのさ。そうだろう、又造」

又造はこたえず、口の中に頰張っていたうなぎを無理矢理呑みこんだ。皿と箸を乱暴におき、膝の上で前身頃の布地を鷲づかみにした。いきなり徳利をとり、そのままあおって喉を震わせた。

周りの客が又造のふる舞いに気づいて、怪訝そうに眉をひそめたり、せせら笑う者もいた。

「よせ、又造。みっともねえ真似はするな」

左十郎は、やっとそれだけを言った。

すると、又造は肩を上下させ、震え声で言い始めた。

「おれは良一郎が嫌えだった。今でもでえ嫌えだ。おれがお父っつあんに打たれながら職人の修業をさせられていたのに、良一郎はちびのがきのころから、町内のがき大将だった。おれみてえな不細工じゃなくて、老舗の伊東の可愛らしい坊ちゃんだから、みんなちやほやして、生意気で偉そうだった。良一郎が十四、五のころから、深川あたりの不良とつるんで賭場に出入りしているとか、やくざの三下になったとかで、伊東の旦那や女将さんが心配していると聞いたときは、ざまあ見やがれと、内心では思ってた。良一郎みてえな不良は、今に悪事を働いてお縄になっちまうんだと思ってた」

「わかった。もういい」

「良一郎が紺屋町の文六親分の下っ引について、親分の居候になったときは、なんだい、やくざの三下が今度は岡っ引の手下かよ、老舗の倅はいい身分だよなと気に入らなかったが、本石町からいなくなって内心は清々してた。おれは良一郎が、小春、と馴れ馴れしく呼びやがるのが、我慢ならなかった。又造兄さんと、おれにまで気安く話しかけやがる。おれは遊びてえのを我慢して修業の毎日だった。面白えことも楽しいことも、何もなかった。その間、良一郎は散々不良をしまくった挙句の、やくざの三下だったじゃねえか。それが、今度は偉そうに町方かよ。くそ、冗談じゃねえぜ。お天道さまは不公平だぜ」

左十郎は、ただ杯を重ねるばかりだった。せっかくのうなぎの蒲焼も、冷たくなって台無しだった。とと、と杯に酒を注ぎながら、

「気が済んだかい」

と、宥めるように言った。

「そうか。それでわかった。伊東の旦那も女将さんも、急におれに優しく声なんぞかけてきたりして、腕をあげたとか大したもんだとか、心にもねえことを言って、小春は良一郎の嫁になるからなと、腹の中ではおれのことを笑っていたんだな。お父っつあんもおっ母さんも小春も、みんな知っていて、知らなかったのは

おれだけだったんだな」

「な、何を言う。馬鹿を言うんじゃねえ」

「くそっ。みんなしておれを虚仮にしやがって」

又造は盆においた皿と箸を鳴らし、いきなり立ちあがった。

うなぎの蒲焼で賑やかに呑み食いしていた周りの客が、一斉に寂として、立ちあがった又造へ向いた。

「落ち着け。坐れ、又造。勘違いするな」

左十郎は慌てて言った。

だが、又造は赤く充血した目で左十郎を睨みおろした。ほんのりと赤らんでいた又造の顔は、すっかり蒼褪めていた。

「知るか」

ひと言吐き捨て、着物の裾をひるがえした。ざわつく客の間を通り抜け、階段をとんとんと鳴らして下りていってしまった。

左十郎は、呑み気も食い気も失せていた。呆然として、又造の食い散らした皿や呑み残しの徳利を見つめていた。周りの客の賑わいが戻り、いつの間にかすっかり暮れた人形町通りにも、人通りが少なくなっていることに気づいた。

左十郎は、やりきれなかった。どうしたらいいのか、わからなかった。ただ、自分が大きな間違いを犯したことだけはわかった。

二

その夜、又造は帰ってこなかった。

左十郎は夜が白み始めるまで眠れなかった。隣の布団で、女房のおくめは左十郎に背中を向けてずっとすすり泣いていた。

左十郎とおくめは、仏壇のある仏間の六畳に布団を並べて休み、間仕切を隔てた四畳半に小春、そして、寄付きから二階へあがる段梯子があって、二階の四畳半が又造の寝間になっていた。

小春の寝間は、物音ひとつしなかった。小春は小春で、又造が帰ってくるのを待って、凝っと堪えているのだろう。

又造の所為でも小春の所為でも、おくめの所為でもない。何もかも自分の所為だと、左十郎は眠れぬ夜に苛まれていた。自分の浅はかさが、大事な倅を疵つけることになった。馬鹿が、と左十郎は自分を責めた。

火の番の鉄杖（てつじょう）が町内を廻（まわ）る真夜中すぎ、おくめが我慢できずに起き出し、布団の上から左十郎の身体を揺すって涙声で言った。

「あんた、又造にもしものことがあったらどうすんのさ。番所にいって、探してくれるように、頼んだらどうだい」

「馬鹿を言うな。二十歳（はたち）の男だぜ。真夜中すぎても倅が戻ってきませんと番所に泣きついても、朝になったら帰ってきますよ、ひと晩待ってみましょうと、言われるだけだ。子供じゃあるめえし。いいからほっとけ」

左十郎は、箱枕の頭をぴくりとも動かさずに言った。

「じゃあ、どこへいったんだろう。あの子にいくとこなんかないよ。今ごろは、寒さに震えてどっかを彷徨（さまよ）っているんじゃないのかい」

「大丈夫だ。すぐそこの芳町（よし）へいけば、ひと晩中遊べる色茶屋だってある。深川まで足を延ばせば、岡場所があるじゃねえか」

「ええ、又造が岡場所に。あの子は初心だから、性根の曲がった女郎に誑（たぶら）かされてんじゃないのかい」

「いい加減にしろ。年が明けて二十一にもなる倅が、岡場所にもいけねえなら、そっちのほうが心配じゃねえか」

左十郎は布団をかぶり、それ以上相手にしなかった。

おくめは、はあ、とため息をもらし、のそのそと自分の布団に戻った。

だが、左十郎も内心は心配でやきもきしていた。おくめに気づかれないよう、布団の中で何度もため息を吐(つ)いた。そして、眠れずにぼうっとしながらも、十五年、いやもう十六年前のあのことを思い出していた。

あの年、扇職人として一本立ちして貫禄がつき、暮らしにも余裕ができてきた左十郎は、昔からの職人仲間ら三人で、上方(かみがた)へ旅をした。

京の都から大坂、紀州(きしゅう)の熊野詣(くまのもうで)をして再び大坂へ戻って大坂見物を、というある日、西横堀川(にしよこぼりがわ)の新町(しんまち)へ仲間と繰り出した。大坂の新町は、江戸の吉原(よしわら)、京の島原(しまばら)と並ぶ、お上がお許しになった江戸でも名の知られた色町である。

大坂にきて新町も知らずに江戸へ帰るのは、日本橋(にほんばし)に生れて日本橋で育った職人がそんな野暮(やぼ)はできねえ、というぐらいの気持ちだった。

その新町の、新堀(しんぼり)町だったか九軒(くけん)町だったかの遊女屋で、左十郎は幼女から童女になりかけた三歳の小春を見て、目を瞠(みは)った。

小春は、耀く玉のような子だった。

こんなに愛くるしい子がこの世にいるのかと、左十郎はあのときの胸の高鳴りを今でも覚えている。それは、驚きや衝撃というのでは言いつくせぬ信心にも似た情動だった。

　遊女屋の亭主にあの子はどういう子だと聞けば、小春には九つ離れた十二歳の、これも美しい姉のお菊(きく)がいて、姉妹は泉州佐野(せんしゅうさの)町の裕福な家に生まれたが、とんでもない災難が生家に降りかかって両親を失い、大きな借金だけが幼い姉妹に残された。それからむずかしい事情があって、結句、姉妹は大坂新町の遊女屋に奉公が決まり暮らすことになった、というものだった。

　姉妹が新町で暮らし始めたのは、左十郎らが新町へいく三月(みつき)ほど前だった。

「えらい出費だしたが、姉妹そろうて器量よしでっさかい、先々を見こんでの投資のつもりだす。姉のお菊は、一年もしたら奉公を始めてくれますやろ。けど、妹の小春はまだ三歳だす。奉公してくれるのはまだまだ先だす。いろいろと厄介(やっかい)な事ばっかりだすわ」

　遊女屋の亭主は、にやにや笑いをしながら言った。

　小春を連れて帰り、自分の娘にしたいと思ったのはそのときだった。

　自分の娘にしてどうする、と深くは考えなかった。ただ、この子はおれの娘になるのだと、そう肚(はら)を決めると、神棚に掌(て)を合わせる敬虔(けいけん)な祈りのような清々(すがすが)しさを、左十郎は覚えた。

小春を買いとりたいと亭主に持ちかけ、話が決まるまで難航したが、持ち合わせの金では足りなかったのを、仲間から借りたり、江戸へ戻って為替で残金を支払うなどの約束を交わし、亭主を説き伏せた。

姉のお菊は、小春が買われて江戸へいくと知って声を放って泣いた。

だが、左十郎は姉のお菊も一緒にというのは無理だと思った。

なぜなら、あのとき、女の面影が兆し始めていた姉のお菊には、無垢な小春を愛でるのと同じ強い感情を覚えなかったからだ。左十郎は、たぶん自分には手に負えないと思った。その思いの分だけ、姉のお菊に冷酷になれた。

嘆き悲しむ十二歳のお菊に、左十郎は分別のある大人らしく言った。

小春は自分と女房の子として江戸で暮らし、江戸の子になる。まだ幼く物心もつかない小春なら、姉さんと離れ離れになった悲しみや寂しさをすぐに忘れ、きっと自分ら夫婦に懐いて、自分らの子になってくれるだろう。

安心おし。小春に不自由はさせない。おまえも引きとり、一緒に連れて帰りたいのは山々だけれど、それはこちらのご主人が承知しないし、姉妹二人を引きとるほどのお金は用意できないのだ。可哀想だが、我慢しておくれ。

それから、小春が姉さんのことを思い出して悲しまないように、寂しがらないように、姉さんのところへ帰りたい気持ちにならないように、江戸の暮らしに馴染んで、世間の道理が身につく年ごろになるまで、便りは遠慮してほしい。

おまえはもう十二歳の、そろそろ娘と呼ばれる年ごろの姉さんなのだから、姉さんらしく了見しておくれ。

新町橋の河岸場から小春を連れて船に乗り、西横堀川をさかのぼっていくと、だいぶ遠くなった新町橋にお菊が走り出てきて、小春小春、と懸命に呼びかけ千ぎれるほど手をふり、小春も船縁(ふなべり)から川へ落ちそうなほど身を乗り出し、恐怖に慄(おのの)く小鳥のような声で、姉さんを呼びかえした。

左十郎は小春を抱き抱えて慰めたが、小春は左十郎の腕の中でもがき、小さな手足をじたばたさせ、泣きじゃくった。

いい子にしな、いい子にしな……

左十郎は泣きじゃくる小春を抱き締め、繰りかえしささやいた。

だがあのとき、左十郎は小春を抱き締めながら、そうだ、小春が年ごろになれば、倅の又造と所帯を持たせ、扇職人の家業を継がせりゃあいいんだ、そうすりゃあ、何もかもが丸く収まるじゃねえか、とひらめいたのだった。

左十郎は今さらながらに、大人の分別のむごさと偽りを思い出した。

嗚呼、なんてこった。可哀想なことをした、と心が痛んだ。

小春はもう、自分の腕の中で泣きじゃくっていた三歳の子供ではない。あのとき、自分のとった姉妹にとってはむごい仕打ちが、今になって自分にかえってきた。左十郎はそう思えてならなかった。

気がつくと、雨戸を閉じた隙間に青白い筋が見えた。

夜が明け始めていた。おくめの寝息が聞こえた。頭はぼうっとしているが、このまま起きるかと思った次の瞬間、目が覚めた。

雨戸は閉じたままでも、隙間から射す朝の光が障子に映っていた。

おくめの布団は仕舞われていて、勝手のほうで朝の支度にかかっている物音とおくめと小春の声が聞こえた。味噌汁のいい匂いがした。おくめの声は、普段と変わらずに明るかった。

左十郎はほっとした。

「お父っつあん」

しばらくして、襖の外で小春の声がした。

おう、と左十郎は暖かな布団を持ちあげ、上体を起こした。襖をそっと引き、小春が白い顔をのぞかせた。

「ごはんよ」

「うん。又造は……」

「仕事場にいる」

「いつ帰った」

「明け方、まだ薄暗いころ」

「小春が起きたのか」

「おっ母さんが先に起きて、あたしも目が覚めたの。おっ母さん、兄さんの身体(からだ)が冷えてるから一生懸命摩(さす)って泣いてたけど、嬉しそうだった」

あんだけ心配して、気づかずに眠ってた自分がざまはねえと、左十郎は思った。

「どこへいってたか、訊(き)いたのかい」

「知らない。おっ母さんも訊かないし、兄さんも言わないから」

そうか。心配させやがって。だがまあいい、と思った。

それでも、茶の間を兼ねた台所で、四人そろって朝飯の膳についた。朝は炊きたてのご飯に、味噌汁と漬物、たまに目刺や干魚がつくことはある。

それが今朝は、目刺が二尾に、おくめの拵えた玉子焼の小鉢が添えてあった。そんな贅沢は、祭の日か祝事のある日に限られるが、おくめは朝方帰ってきた倅に玉子焼ぐらい食べさせてやりたいと思ったようだった。

いつも通り、四人は黙々と朝飯を終えた。

そのあと、左十郎は年明けの仕事始めの、お得意に納める祝儀の白扇作りの、大晦までに済ませておく段取りについて、いつも通り又造に指図した。

又造は不愛想に、うん、と言ったが、それもいつも通りだった。

年の瀬の最後の数日、左十郎の日常は変わらずに続いた。

年末の挨拶廻り、掛の支払いととりたてを大晦の前日までに済ませた。その夜の晩飯に、左十郎は自分と又造にそれぞれ一本をつけさせた。

「明日は伊東に年末の挨拶に廻って、それで今年の仕事は終りだ。又造、ご苦労だった。おめえも今夜は一杯やれ」

又造は、「いい」と素っ気なくかえし、晩飯をさっさと済まして二階へあがっていった。

又造の不愛想なふる舞いは、今に始まったことではない。左十郎は大して気にかけず、ひとりで晩酌をやった。古女房のおくめがいて、小春がいて、一日一日が変わらずにすぎていく。それだけだ、と思った。

　すると、勝手で片づけにかかっていたおくめが、茶の間で晩酌を続けている左十郎のそばにきて話しかけた。

「あんた、又造は大丈夫かね。様子が変だよ。おかしいよ」

「うん？　何が変だ。おかしくねえよ。又造の不愛想は、前からじゃねえか」

「あんたにはそうかもしれないけど、又造はあたしらとは気易く話をしていたんだよ。あんたがくると黙っちまうけど、あれで案外にお喋りなんだよ」

「ふん、そうかい。倅は親父が煙たいもんだ。それがどうした」

「あれから、又造はあたしらにも話しかけてこないんだよ。こっちが何を言っても、うんといやしかこたえなくてさ。あの子、何を考えているんだろうね。あの子の身に何かあったらどうするんだい」

　あれから、とは、鰻屋の小牧でのことがあってからである。

　左十郎は、勝手の流し場で、紺絣の着物に襷がけの小春が洗い物をしているすっとした後姿を見遣った。結綿の髪が初々しくその後ろ姿に映え、肘から下の白い手が機敏に、健やかに働いている。

　小牧での子細はおくめに言ったが、小春には何も話していない。

たぶん、小春もうすうすは気づいているのだろう。だから何も訊かず、小春は小春で我慢しているのに違いなかった。

「そりゃあ、前と同じってわけにはいかねえさ。誰だってそうだ。今は気がふさいで、誰とも口を聞きたくないだけだ。まだ若いんだ。そのうちに立ちなおる」

左十郎は、ちびちびと晩酌を続けた。

「そうかね。そうだといいんだけどね」

おくめは、心配そうに言ってしょげた。


翌日、又造は大晦の夜明け前の暗いうちに家を出た。

又造が店を出たとき、左十郎もおくめも目を覚まさなかった。

小春は、勝手口のほうで、かた、とかすかな物音がして目を覚ました。目を開けたが、まだ真っ暗で何も見えなかった。物音を聞いたのはそれだけで、店は静まりかえっていた。

小春は鼠(ねずみ)かな、と思った。遠くで一番鶏(どり)が鳴いた。

朝の支度ができても、珍しく又造が起きてこなかった。大晦のその日、又造は仕事休みだから、朝寝をしても差しつかえなかった。

おくめは、朝ご飯をいただいてからゆっくり寝たらいいよ、と言うつもりで、寄付きの段梯子の下から、ご飯だよ、と二階へ声をかけた。

返事がなく、おくめは二階へあがっていった。又造、と呼ぶ声が二階で聞こえてそれからすぐ、

「あんた、又造があっ」

と、おくめの金切声があがった。

段梯子をけたたましく鳴らし、おくめが走り下りてきた。

昨日、暦（こよみ）売りから買った文政九年（一八二六）の暦を眺めて朝飯が始まるのを待っていた左十郎と、勝手の土間で味噌汁の支度をしていた小春が寄付きへいくと、おくめは左十郎に飛びつきそうな勢いで、震える手でにぎり締めた紙を差し出した。

「こ、これが……」

「なんだ」

左十郎は、差し出した紙きれをとって開き、唖然（あぜん）とした。紙きれは、太い墨（すみ）で印した又造の置手紙だった。

おっ母さん　あびこのなん吉にいさんとこへいってくる
いつもどるかわからねえ　けどしんぱいはいらねえ
おや方　おれは扇しよく人にはむかねえのかもな
なん吉にいさんにそうだんして　ゆく末のことをきめるつもりだ
なん吉にいさんとこから　たびに出るかもしれねえ
おれのことは　さがさねえでくれ
小春　りよう一ろうとうまくやれよ
みなさまおたつしやで　いいしよう月をおむかえくだされそうろう

左十郎の手から舞い落ちた置手紙を、おくめはべったりと坐りこんで拾い、くしゃくしゃのまま胸に抱きしめて嗚咽(おえつ)を始めた。

「おっ母さんっ」

小春はおくめの丸い肩を抱いて、一緒に泣き出した。

「又造、この馬鹿者(もん)が……」

左十郎は叫んで、前土間に飛び下り、跣(はだし)のまま路地へ飛び出した。

長谷川町の往来から大門(おおもん)通りを駆け抜け、小伝馬(こでんま)町二丁目と三丁目の辻を浅草(あさくさ)

橋御門のほうへ曲がった。

しかし、小伝馬町、馬喰町と続く大通りは、大晦の人出があふれ、左十郎は通行人にぶつかり揉まれ怒鳴られ、いき惑い、息がきれ、すぐふらふらになった。

浅草橋御門の瓦葺屋根が人混みの先に見えるところまできたとき、足がもつれて人にぶつかり、押しかえされて転んだ。左十郎は、ようやく上体は起こしたものの、何よりも、立ちあがる気力を失っていた。

今さら追いかけても無駄なことだと、わかりすぎるぐらいわかっていた。けれど、凝っとしていられなかった。

人通りの中で坐りこんだ左十郎は、頭を抱えてうずくまった。

左十郎をぐるりと囲んだやじ馬が、「どうしたんだい。けが人かい」「いや、病人らしいぜ」「どうやら、頭がおかしいようだ」と、口々に言った。

三

文政九年が明けた。

正月五日の午前、小春は仕事場で頭が見えないほど丸めた左十郎の背中にひと声かけた。

「お父っつぁん、いってきます」

左十郎の丸い背中は何もこたえず、扇の板骨を削る肘のわずかな蠢きが、まるで獣のように見えた。

おくめは、大晦からずっと寝こみ、正月の膳の支度は小春が整えた。

正月であっても洗い物や片づけはしなければならず、それも小春がやった。

左十郎は、元旦、仕事場の神棚に掌を合わせ、小春の用意した屠蘇をほんの少し舐め、雑煮にも箸をつけたものの、すぐにおいて仕事場にこもった。

正月三箇日、年始の挨拶廻りにいかなかった。

又造の家出は大晦のその日のうちに、近所にも得意先にも知れわたり、みな挨拶廻りを遠慮して、訪ねてくる客もいなかった。

四日の昨日、伊東のお藤が年始の挨拶にきた。

しかし、おくめは具合が悪いと言って起きてこなかった。

左十郎はお藤の年始の挨拶を受けても、はあ、どうも、いえ、などとろくな答礼しかできず、あとは途方に暮れ、ため息と気まずい沈黙が続いて、お藤の慰めや励ましは、暖簾に腕押し同然だった。

「小春、あんたの所為(せい)じゃないんだから、元気をお出し。又造兄さんはきっと無事に帰ってくる。こういうこともあるよ」

お藤は帰りぎわ、すっかりしょげている小春に声をかけていった。

お藤は良一郎の母親である。父親は北町奉行所定町廻りの渋井鬼三次(きさじ)で、お藤は八丁堀(はっちょうぼり)の渋井家に嫁いで良一郎を産んだ。

小春はどういう事情か知らない。けれど、良一郎が五歳のとき、

「良一郎は町方に絶対させません」

と、お藤は言い残し、里の本石町の老舗扇子問屋に良一郎の手を引いて戻り、それから三年後、同じ本石町の扇子問屋の伊東へ、再び良一郎の手を引いて嫁いだ。良一郎は、伊東の主人・文八郎(ぶんぱちろう)の跡を継ぐはずだった。

なのに、去年十八歳になった良一郎は、伊東の跡継ぎにはならず、父親の渋井家に戻って、秋から北町奉行所同心の無足見習(むそくみならい)で出仕を始め、三月(みつき)ほどをへて、銀十枚の手当が支給される見習になっていた。

小春と良一郎は、良一郎が伊東の坊ちゃんになってからの幼馴染みだった。小春は、良一郎が伊東を継ぐものと思っていた。

それにも小春の知らない事情があったらしく、そうはならなかった。

どうしてなんだろう。なぜなんだろう。小春は思った。

二人は同い年の、この春十九歳である。

又造の家出のことは、良一郎に相談できなかった。そんなことをしたら、事態がもっと悪くなりそうな気がして恐ろしかった。だからと言って、このまま何もせず凝っとしていることもできなかった。

昨夜、そうだ明日、と小春は思いたった。今朝も起きてこないおくめに、

「おっ母さん、お昼までには帰ってくるからね」

と言った。

おくめは布団の中で目を閉じ、頷いただけだった。

外は正月気分が残る五日の、天気のいい午前だった。寒くもなかった。

町内は静かな正月だが、日本橋の大通りに出ると、まだまだ年始の挨拶廻りに出かける裃姿の侍や、お店者の黒羽織姿が多く見られた。

神田鍛冶町から塗師町、新石町を抜け、その西隣が土物店のある永富町で、永富町一丁目と三丁目の境の小路をとり、安左衛門店の木戸をくぐった。

安左衛門店は、路地を挟んで東側に五戸、西側に三戸の割長屋が軒をつらね、西側の木戸わきに家主の安左衛門の一戸と、井戸と物干場、それに稲荷を祀った

一画になっていた。厠と芥捨場は、路地奥の藍染川端にある。

木戸をくぐった小春と入れ違いに、子供らが元気な喚声をあげ、どぶ板を鳴らして小路へ走り出ていく。

小春は子供らを見送ってから路地をいき、東側の三戸目の腰高障子の前に立った。そうして、気恥ずかしいのを堪えて言った。

「ごめんなさい、市兵衛さん。小春です。ごめんなさい」

すぐに返事はなかったが、人のいる気配は感じられた。

「ごめんなさい、市兵衛さん」

もう一度、もう少し大きな声を出したつもりだった。

すると、隣のおかみさんが路地に顔をのぞかせ、小春の初々しく可憐な町娘姿に、おやまあ、と目を細めた。

「もっと大きな声で呼ばないと、聞こえないよ」

と、路地に出てきたおかみさんは、市兵衛の店の腰高障子を半尺ほど透かし、薄暗い戸内へ張りのある声を投げた。

「市兵衛さん、お客さんですよ。綺麗なお嬢さんですよ」

はい、とすぐに返事があった。

長屋は二階家で、路地側の二階の障子戸が開き、市兵衛が顔を出した。

「ほらね。市兵衛さん、お客さんですよ」

「どうも」

市兵衛はおかみさんに笑顔をかえし、その笑顔のまま小春に声をかけた。

「やあ、小春。ひとりかい」

「はい。市兵衛さん……」

小春は二階の市兵衛を見あげ、そのおおどかな笑顔に、あとの言葉は続かなかった。胸に熱いものがこみあげてきた。

「洗濯物を干していて、気がつかなかった。お入り」

小春はおかみさんに礼を言って、腰高障子を引いた。

すぐに、階段を下りる音が続いた。寄付きの障子戸を開けた市兵衛と顔を合わせ、市兵衛と顔を合わせただけで、やっぱりきてよかったと思った。

「そうか。ひとりなのか。まずは、おあがり」

市兵衛の店は、寄付き続きに台所の三畳間と竈と流しの土間があり、間仕切を隔てて四畳半。四畳半は掃き出しの腰障子の外に濡縁と、手を伸ばせば隣家を隔てる板塀に届く狭い庭になっていた。

寄付きからは、二階の四畳半へ段梯子が上っている。

小春の暮らす長谷川町の店に似ているけれど、だいぶ狭い。

「ここは狭いが、竈の残り火が温かいので、ここにお坐り。茶を淹れる。それとも、年始の酒にするかい」

台所の三畳間に端座した小春は、気恥ずかしそうに肩をすぼめて言った。

「お茶をいただきます」

「そうか」

と、市兵衛は竈にかけた鉄瓶の湯を急須に注ぎ、香ばしい茶の香りがする湯気をのぼらせた。そして、小春の膝の前に湯気のゆれる碗をおいた。

「市兵衛さん、本年もよろしくお願いします。これ、お年賀に」

小春は人形町通りの《ゑびす屋》で買ってきた、鹿子餅の箱入りを差し出した。

「これは鹿子餅だね。ご丁寧に、ありがとう。美味そうだ。早速いただこう」

鹿子餅を箸でとり出し、二枚の小皿に載せた。その皿を、小串と一緒に小春と自分の碗の傍らへ並べた。

「甘い物をいただくと、気持ちがほぐれる。小春もお食べ」

小春は市兵衛に促され、鹿子餅の皿をとり、小串を使って食べ始めた。口の中に小豆の甘みがねっとりと広がり、たちまち溶けていった。

「美味しい」

小春は目をぱちぱちさせ、市兵衛に頬笑みかけた。

市兵衛は小春を見つめ破顔した。そして、

「又造兄さんのことかい」

と、鹿子餅を食べながら、あっさりときり出した。

小春は小皿を置いた。茶を一服して、どう言えばいいのか、しばし考えた。

「ご存じだったんですか」

「元日の昼から、《宰領屋》の矢藤太と二人で柳町の宗秀先生の診療所へ年始の挨拶にいった。酒になって、そのとき宗秀先生に聞いたのだ。宗秀先生は渋井さんから聞いたそうだ。渋井さんは正月も見廻りで、その途中、宗秀先生の診療所に立ち寄って、又造兄さんの家出の話をした。町奉行所の御用始めは十七日だが、年始の挨拶廻りや答礼で忙しいから、渋井さんとも良一郎とも会っていない。どういう経緯なのか、詳しくは知らない。たぶんこういうことらしいと、渋井さんは宗秀先生に言っていたそうだが」

「こういうことらしいって?」

小春はぱっちりとした目を、市兵衛に向けた。

「つまり、小春と良一郎の仲を又造兄さんが知り、長谷川町の店に居づらくなり家出をしたらしいと、渋井さんは言っていた。そうなのかい」

小春は、ぽつりと頷いた。

どう言えばいいのか、と考えた。膝においた長い指の手の甲を手で物思わしげに摩った。摩った白い手の甲が、だんだん赤くなった。

「又造兄さんのことで、相談にきたのだろう。言ってごらん」

市兵衛は小春を促した。

「おっ母さんは又造兄さんがいなくなってから、ずっと寝こんだままだし、お父っつあんも仕事場から出てこなくて、あたしが支度したご飯はいただくけれど、ひと言も口を聞かないんです。おっ母さんは大晦の夜からずっと寝たきりで起きてこないから、昨日、ようやく無理矢理起こして、身体を拭いて布団も換えたんです。おっ母さんは、何もする気をなくしてめそめそと泣いているばかりで、このままだと、本途に病気になっちゃうかもしれません。長谷川町のあの店は、お父っつあんとおっ母さんと又造兄さんの店で、あたしは上方から連れてこられた

だけの余所の子なのに、又造兄さんが自分の店に居づらくなって出ていくなんて
変です。おかしいですよね。長谷川町の店を出ていかないといけないのは、あた
しのほうなのに、こんなことになったのは、あたしの所為なんです」
「小春、そんなことを言うのはよくない。どういう経緯であったとしても、お父
っつあんは小春を自分の娘にするために、上方から連れてきた。おっ母さんは娘
の小春を育て、又造兄さんは妹の小春の兄さんになった。出ていかないといけな
いのは自分のほうだと思うのは、お父っつあんとおっ母さんをもっと悲しませる
ことになるぞ。小春はお父っつあんとおっ母さんの娘で、又造兄さんの妹で、そ
れがありのままの小春なのだ。ありのままの小春が、良一郎の女房になる。それ
だけだ。小春の所為ではない」
　小春は潤んだ目を伏せた。こぼれた涙の雫を、細い指先でぬぐった。そして、
ぬぐいながら言った。
「市兵衛さんは、お屋敷の臨時の用人役なんでしょう」
「まあ、そうだ。渡り用人とも言われている稼業だ。わたしは武家の台所勘定を
たて直す算盤侍だが、大家の家政をとり仕きる役に雇われる用人もいる。渡り用
人は、求められる季だけ務める家臣なのだ。季がすぎれば務めは終る。次の務め

を探さなければならない。ただし、そういう仕事は少ない。よって、どんな仕事でも、あれば請ける」

「どんな仕事でも？」

「可愛がっていた子犬がいなくなって、悲しんでいる女の子に子犬を見つけてほしいと頼まれれば、たぶん、子犬捜しをするだろうね」

「手間代はいくらなんですか」

「手間代の話をする前に、まずは、又造兄さんが家出した子細を、聞かせておくれ。むろん、わたしに何を頼みたいのかもだ」

「はい」

と小春は、年の瀬のあの夕刻の出来事から、大晦のまだ暗い夜明け前に、又造兄さんが書置きを残して家出したこと、そうして、正月五日の今日まで、父親の左十郎は年始廻りにもいかず、年始の訪問客もない店の沈んだ様子や、昨日、伊東の女将さんが年始の挨拶にやっときてくださったけれど、と一気に話した。

「このままだと、又造兄さんは青山村の南吉さんのところから旅に出て、二度と江戸に戻ってこなくなるかもしれません。そんなことになったら、お父っつあんとおっ母さんは……」

小春の言葉は、そこで途ぎれた。

「お父っつあんとおっ母さんは、どうなる」

「わかりません。でも、お父っつあんとおっ母さんも、あたしも、今まで通りには暮らしてはいけないと思います。長谷川町の店は、たぶん壊れてしまいます」

「そんなことはない。人の暮らしや営みは、簡単には壊れはしない。又造兄さんはまだ二十一だったな。若い職人が、旅に出て諸国の職人を訪ね、修業を積み、腕を磨くのは珍しいことではない。三年、長くて五年たてば、又造兄さんは帰ってくるのではないか」

「でも、お父っつあんは仕事場に閉じこもり、おっ母さんは泣いてばかりで、ずっと悲しみ、苦しんでいるんです。あたし、お父っつあんとおっ母さんが悲しんでいる姿を、つらくて見ていられないんです。みんなあたしの所為なのに」

「小春の所為ではない。お父っつあんとおっ母さんもわかっているよ」

「市兵衛さん、又造兄さんを連れ戻してください。又造兄さんが帰ってくれるなら、あたし、良一郎さんとのことを、考えなおしてもいいと思っています」

「いい加減にしないか。そんなことをしても、又造兄さんが喜ぶはずがない。かえってもっと苦しめるだけだ」

「だったら、あたしは何をしたらいいんですか」

市兵衛を見つめる目が再び潤み、ひと筋の涙が頬を伝った。小春は自分を責めて、途方に暮れていた。

おまえの所為ではないと、市兵衛は空しく繰りかえすしかなかった。

「小春、又造兄さんが頼っていった南吉と言う人は、水戸街道の青山村のお百姓なのだな」

市兵衛が言うと、一瞬の明るみが小春の憂い顔に差した。

「そうです。我孫子宿の先の青山村です。あたしはいったことも見たこともなくて、どんなところかも知らないけれど、青山村から利根川を渡れば取手という大きな宿場だそうです。お父っつあんの先代は、青山村のお百姓さんの家の生まれで、十代のころ江戸に出て扇職人になったんです。長谷川町の今の店で家業を始め所帯を持ち、お父っつあんが生まれました。南吉さんはお父っつあんの従兄の子です。七年ぐらい前に青山村の生家を継いでいた従兄が亡くなって、お父っつあんは又造兄さんを連れてお墓参りにいったことがあります。そのとき、又造兄さんは南吉さんにとても可愛がってもらって、江戸に戻ってからも、南吉さんの話をよくしていたのは、わたしも覚えています」

「お父っつあんが青山村へいって、連れ戻すことはできないのか」

「お父っつあんは、放っておけ、と言ったきり、仕事場から出てきません。頑固で一徹で、あたしが何を言っても、たぶん無駄だと思います」

小春は、すがるように市兵衛を見つめている。

「わかった。又造兄さんに会いにいってみよう」

「ああ、嬉しい。市兵衛さん。手間代は必ずお支払いします。今すぐというわけにはいかないけれど……」

「手間代の心配はいらない。手間代を貰うとすれば、渋井さんに言う」

真顔で言うと、え？　と小春はきょとんとした。

「ただし、わたしと又造兄さんは親しい仲ではない。青山村へいけば兄さんに会えるだろうが、わたしが江戸に帰るように説いても、一度決めた考えを兄さんが変えるのはむずかしいだろう。子供を連れ戻しにいくのではないのだからな。できるだけ説得はする。それでも考えが変わらないときは、先にあてはあるのか、行末をどう考えているのか、お父っつあんとおっ母さんに伝えること、小春に伝えることを、又造兄さんに聞いておく。それしかできないが、いいか」

それしかできないと言われ、小春はしょげたが、

「はい」

とこたえた。

子供らが喚声をあげて長屋の路地へ駆けこんできて、どぶ板をけたたましく鳴らした。小春は吃驚（びっくり）して顔をあげた。

市兵衛は小春が可哀想になって、笑みを見せて言った。

「良一郎には、話したのかい」

「いいえ。良一郎さんに会ったら、もっと恐いことになりそうな気がして……」

「そうか。そうかもな。今日これから、安左衛門さんに道中手形を用意してもらえば、明日早朝に出立できる。長くはかからないと思う。戻ったら、長谷川町の店に顔を出すよ」

小春が表情を引き締め、真剣に頷いた。

四

江戸町奉行所では、正月元日の明けの七ツ（午前四時頃）から、与力は熨斗目（のしめ）麻裃に供侍（ともざむらい）、槍持ち、挟箱（はさみばこ）持ちの中間（ちゅうげん）を従え、御用始め前日の正月十六日まで、挨拶廻りと答礼が行われる。

また同心も白衣に黒羽織の定服で一同打ちそろい、挨拶廻りと答礼に普段より忙しいくらいだが、ただし、定町廻り、臨時廻り、隠密廻りなどの三廻りや江戸市中の見廻り役は、従来通りである。

その正月五日の九ツ（正午頃）、北町奉行所の大白州がある裁許所西隣の、一之間にあたる桐之間、二之間、三之間の式場で、与力一同の椀飯振舞が行われていた。

同じ日の昼九ツ半（午後一時頃）、定町廻り方同心の渋井鬼三次は、内玄関式台から玄関之間にあがって、奉行用部屋へ通った。

用部屋は東西北側の三方を廊下が囲い、中庭に面した南側は、腰付障子が隙なく閉ててある。

昼下がりの明るみが、腰付障子に白々と映っていた。

普段は用部屋に詰める十人の手附同心も、正月は当番が数人いるのみで、桐之間のほうから椀飯振舞の賑わいが途ぎれ途ぎれに聞こえるものの、閑散とした空ろな昼下がりの刻が、広い用部屋に流れていた。

西側上座の奉行の座席に奉行の姿はなかった。

背後の鴨居へ架けた黒柄三間の素槍が、用部屋の威厳を唯一保っていた。

北の襖側に目安方の栗塚康之が着座し、相対する南の腰付障子側には二人が居並んでいた。栗塚は熨斗目麻裃、対座するひとりも黒裃の中年だが、隣のひとりは地味な羽織袴姿の若い男だった。

渋井は、正月も普段通り分担の町家の見廻りをしていた半刻（約一時間）余前、奉行所に至急戻るようにと、奉行の呼び出しを受けた。

定町、臨時、隠密の町方三廻りは、支配与力をおかず奉行直属ながら、奉行の命令や指示を、奉行配下の目安方や公用人の内与力が、奉行に代わって伝える場合はしばしばあった。

そのため、渋井は奉行の不在を訝らなかった。

手附同心の席の間を進み、栗塚ら三人の下手側に着座した。初めに、障子側の二人に手をついて黙礼し、襖側の栗塚へ低頭したまま向きなおった。

「ただ今戻りました。栗塚さま、御奉行さまの御用を承ります」

「ご苦労。渋井、手をあげてくれ」

栗塚は渋井へ素っ気なくかえし、すぐに対座する二人へ言った。

「この者が、定町廻りの渋井鬼三次です。癖のある風貌をしておりますが、腕は確かです。江戸の盛り場は、北町一の事情通です」

渋井は、《鬼しぶ》と盛り場の地廻りや博徒らが呼ぶしぶ面をあげた。

八の字眉と左右ちぐはぐなひと重の眼差し、尖った鼻の下のぷっくりとした赤い唇が色白の顔に目だち、顎の細いその顔を骨張ったいかり肩の間へ埋めて、凝っと探るように相手を見つめる風貌は、確かに癖があった。

この男を《鬼しぶ》と呼び始めたのは、盛り場の顔役や親分衆らである。

「あの男の不景気面が現れると、闇の鬼も顔をしかめるぜ」

とからかったのが、浅草本所深川、両国築地愛宕下などの地廻りや博奕打ちらに広まり、渋井の綽名になった。

けれど、渋井は鬼しぶと呼ばれているのが、気にならなかった。

鬼しぶの綽名を、むしろ気に入っているぐらいである。

二人は渋井のしぶ面へ辞儀を寄こした。

「渋井、こちらは勘定所道中方の八橋どのと、金ヶ作陣屋の田野倉どのだ。勘定所支配の一件に、町方が助勢することになった。渋井にやらせよと、御奉行さまの直々の仰せだ。どのような役目かは、お二方が話される」

「はあ、勘定所支配の。さようで」

八橋と田野倉が渋井へ膝を向け、改めて言った。

「勘定所道中方の、八橋広太郎でござる」

「わたくしは、金ヶ作陣屋にて手代を相務めます田野倉順吉と申します。よろしくお願いいたします」

「渋井鬼三次でございます。定町廻り方を相務めております」

渋井も二人へ丁寧な辞儀をかえすと、栗塚が言い添えた。

「一件はまあ人捜しだ。ただし、捜す相手は江戸の者ではない」

「当然、ただの人捜しだけでは済まないのでしょうな。どういう人捜しなのですか。おうかがいいたします」

渋井は八橋と田野倉へ言った。

八橋と田野倉は目配せを交わし、若い田野倉のほうが「はい。ではわたくしが」と話し始めた。

「水戸街道の我孫子宿の宿役人が、問屋場の公金を着服して姿を晦ましました。着服した公金は、金貨が百十三両、銀貨が二貫です。宿役人の名は《並木屋》の七郎次と申し、生家は我孫子宿の古い金物商を営んでおりました。商いの傍ら代々宿役人を勤める家柄にて、商人としても宿役人としても真面目な仕事ぶりで、人柄も申しぶんないと、評判のよい人物でした。七郎次の歳は、明けて四十五歳。問屋場の行事役を長年補佐する助役を勤め、継立の馬人足の差配を一手に任されておりました。七郎次に一体何事があったのか、公金着服など、そんな不埒な真似をするとは思いもよらなかったと、同じ宿役人のみならず、商いの取引相手や近所の住人らも、みな驚いておりました」

八橋は田野倉の話に合わせ、ふむ、と黙って頷いた。

「並木屋は古い家柄ですので、我孫子宿近在に親類縁者は多いのですが、七郎次自身の暮らしは、両親をすでに亡くし、七年ほど前に女房を離縁して以来、後添えの縁もなく子もおらず、傍から見れば寂しい独り身ながら、並木屋の跡とりはいずれ親類縁者の子に継がせるつもりだし、独り身も案外に気楽でいいと、周りには言っておりました。それが、公金を着服し逐電したのですから、外様には見せない七郎次の心中の闇が窺えると、申さざるを得ません」

「金貨が百十三両、銀貨が二貫は大金ですね。それほどの大金を手にしたことがないのでわかりませんが、運ぶだけでも重そうだ。で、どのような手だてで着服が行われたのですか」

「はい。それがあったのは七日前、大晦の前夜でした。大晦が仕事納めゆえ、前日は出入の台帳や、証文や覚書の整理とつき合わせなどを済ませるため、宿役人はみな夜業にかかって帰宅が遅くなりましたが、その夜、問屋場に最後まで残っていたのが七郎次でした。行事役が内証を出るとき、七郎次にまだかかるのかと声をかけ、あと少しですのでどうぞお先に、と言うのを行事役はまったく疑わず問屋場を出たのが、七郎次と顔を合わせた最後でした。と申しましても、問屋場に七郎次がひとりだったのではありません。問屋場が住みこみで雇っている下男下女と小者がおり、物騒ということはありませんし、七郎次のみならず、ほかの宿役人でも希にそういう場合があるゆえ、行事役が七郎次を疑わなかったのは、無理もなかったのです。むろん、失態は失態ですが」

「問屋場の出入の金銭は、どのように？」

「厚い欅で作った二重底の銭箱に収め、継立の台帳とともに納戸に仕舞っておりました。鍵は行事役が持ち、金銭の出入を監理しております。それほど大きい箱ではありません。大風呂敷にくるんで背中にかつげば、充分運べるほどのものです。大店の商家のような、頑丈な錠前がかかる家蔵ではなく、内証の納戸というのはいかにも不用心に思われますが、万治元年（一六五八）に宿駅の制が定められて以来、我孫子宿の問屋場に盗み強盗の類は申すにおよばず、公金着服など、かつてこのような不始末は起こった例がなかったのです」

　八橋がまた、ふむ、と頷いた。

「行事役が帰宅したあと、七郎次はころ合いを見計らって銭箱をかついで問屋場を出たと思われます。住みこみの使用人らは寝間に退っておりましたので、戸締りを頼むよ、と声をかけて問屋場を出て、そのあと戸締りをした使用人のひとりは、往来の暗がりへそそくさと消えていく七郎次の後ろ姿を見送ったばかりで、背中に荷を背負っているのはわかったようですが、まったく不審に思わなかったと申しております」

「では、横領が発覚したのは翌朝なんですね」

「それが、大晦の仕事納めは、早朝より挨拶廻りの来客が続いて仕事になりませんし、少々酒も入って、それらが一段落した昼近く、では新年へ持ちこす銭箱の中身の検めをと納戸からとり出そうとしたところ、納戸に銭箱がないと気づいたのです。行事役は仰天し、当然、問屋場は大騒ぎになりました。で、前夜は七郎次が最後まで夜業をしておりましたので、七郎次はと見廻すと、その朝、七郎次が問屋場にきていないと気づいたのもそのときでした。至急、金物商の並木屋へ人を走らせましたが、むろん七郎次はおりません。通いの使用人が主人の七郎次に留守番を申しつけられており、七郎次は金物の商いの取引相手に済ませなければならない集金があって、朝の暗いうちに成田へ発って、戻りは正月の二日になると聞いている、ということでした」

「大晦の夜明け前から、正月の二日までですか。問屋場では、七郎次の成田いきを聞いていなかったんで？」

「問屋場では、行事役も宿役人も聞いておりません。かえって怪しまれると思ったのでしょうか。それは妙だと訝り、念のために七郎次の寝間を兼ねた居室を調べますと、なんと、押入に毀されこじ開けられた空の銭箱が放りこんであったのです。のみならず、並木屋の使用人が調べますと、どうやら、並木屋の有金も全部持って姿を消したと思われ、これは大変だと急いで問屋場にとってかえして事情を伝え、我孫子の宿役人が金ヶ作の陣屋に訴え出たときは、大晦の深夜になっておりました。我孫子宿からは、その七日ほど前に、根戸村の貸元が我孫子宿のはずれで賊に襲われ命を落とした一件の届けが、やはり金ヶ作陣屋に出されており、じつは、わたしの上役とわたしがその貸元殺しの一件の探索にあたっておりました。同じ我孫子宿ゆえ、公金着服の一件の調べも命じられたのです」

「ついでにってえ、わけですね」

渋井が言うと、八橋が口を挟んだ。

「いや、ついでにではござらん。年の瀬になって、ほかにも物騒な事件が葛飾郡で続き、人手が足りぬのです。本来、金ケ作の陣屋は小金牧の野馬奉行が主たる役目のため、そちらに人手をかけねばならず、それ以外は手薄にならざるを得ぬのです」

「ああ、葛飾郡の小金牧は幕府御用馬の産地ですな。で、貸元殺しの下手人は見つかったんで？」

と、田野倉に言った。

「残念ながら、今のところ目ぼしい進展はありません。懐を狙った物盗りではなく、貸元同士の縄張り争いがからんでいるのではと、疑われるのですが」

「縄張り争いですか。相手はやはり我孫子近在の貸元でしょうな」

「渋井、公金着服の一件を先に進めよ」

栗塚が話を戻した。

渋井は、骨張ったいかり肩に埋めた首が、ことんと落ちるように頷いた。

「田野倉さんは、七郎次が江戸へ逃げたと目星をつけた。よって、町方の手を借りたいというわけですね」

「七郎次が使用人に伝えていた通りに、成田へいったとは思われません。いったとしても、成田にとどまっているはずはないのです。それに、生まれ育った国を捨て親類縁者も人の縁も捨て、何もかもを捨てて、人相書が触れ廻される罪人になってでもと、目が眩むほどの大金とも思われないのに、七郎次が問屋場の公金に手をつけたわけを確かめる必要がありました」

「もっともです」

「で、まずは七郎次の日ごろの暮らしぶりの訊きこみを始めますと、もう三年前のことになりますが、七郎次には馴染みの女が、我孫子宿の八坂神社境内の水茶屋におったことがわかりました。お八重という色白のぽっちゃりした男好きのする、二十ほども歳の離れた女だったそうです。七郎次はお八重にぞっこんで、女房にするつもりでおりました。七郎次の親類縁者の中には、そういう生業の女を宿役人も勤める並木屋の女房に迎えるのはいかがなものか、という声はあったものの、お八重を落籍せて祝言をあげる話がまとまっておりました。ところが、直前になってお八重に流れ者の若い男ができ、お八重は男と手に手をとって我孫子宿から逃げてしまったのです。あのときの七郎次の消沈ぶりは相当なものだったと、傍輩の宿役人の間でもお八重との仲は知られておりました」

「いい歳をした鰥夫が、若い茶汲女に惚れてふられて消沈しましたか。わからねえでもねえな」

渋井が、ふと呟き、

「は、何か……」

と、田野倉が訊きかえした。

渋井が鰥夫であることを知っている栗塚が、ふん、と鼻で笑った。

「いいんです。こっちのことです。どうぞ、続けてください」

「はい。三年前のお八重のことと、年の瀬の公金着服の一件にかかわりがあるのかないのか、それは不明です。ただ、お八重の手紙が、去年の秋、七郎次に届いていたことがわかったのです。じつは、お八重に逃げられてから、七郎次は茶屋遊びはやめておりましたが、独り身ですので、ときには宿場の女郎衆と戯れておりました。馴染みではなく、気まぐれに呼んでいた女郎衆の中に、七郎次がお八重という昔の女からきた手紙の話をした者がいたのです」

「ほう。お八重の手紙がきていたのですか。どういうものだったので」

「七郎次が女郎衆に話して聞かせたのは、お八重は一緒に逃げた男とは三月ほどで別れ、今は江戸の深川の水茶屋で、我孫子にいたときと同じように茶汲女をしているので一度訪ねてきて欲しい、と書いて寄こしてきたようです。どうやら、三年前に男と逃げたことを後悔して、七郎次に詫びを入れ、それとなく復縁をほのめかしていたらしいのです。それ以上の詳しい話は、女郎衆も聞かされておらず、お八重の居どころが深川のどこの茶屋かはわかりません。七郎次は、今やっている仕事が一段落したら、江戸の深川へいってみるつもりだと、嬉しそうに話していたそうです。七郎次はお八重の身を気にかけ、まだまだ未練があるようだったと、女郎衆は言っておりました」

「今やっている仕事？」

「女郎衆はそう言っておりました」

「そいつは重要な手がかりです。深川のお八重を見つけ出し、お八重をこっそり見張って、そこへのこのこ現れた七郎次をひっ捕らえるのですね」

「さようです」

「ところで、田野倉さん。七郎次にほかに仲間がいた見こみはありませんか。田野倉さんは先ほど、外様には見せない七郎次の心中の闇が窺えると、仰いましたね。それから、今やっている仕事が一段落したらと、七郎次が女郎衆に言った今やっている仕事ってえのは、どんな仕事なんでしょうか」

「訊きこみをした限りでは、七郎次に仲間がいた見こみは少ないと思います。たまたま、去年届いたお八重の手紙の話が聞けて、強いて申せばお八重ぐらいしか考えられません。今やっている仕事と言ったのも、わたしは問屋場の宿役人の仕事や、家業の金物商の仕事のことだろうと思っておりました」

「しかし、七郎次が着服した問屋場の公金は、生まれ育った国を捨て、親類縁者や人の縁も捨てて、人相書が触れ廻される罪人になってでもと目が眩むほどの大金とは思えません。だから、七郎次が公金に手をつけた理由を確かめる必要があると、田野倉さんは思われた。それはわたしも同感です。公金を着服して得るものより、失うものが七郎次にはあまりにも多すぎる。だとすれば、七郎次が女郎衆に何気なく言った、今やっている仕事というのは、問屋場の役目でも金物商の稼業でもなく、外様に見えない別の仕事があって、問屋場の公金着服と逐電は、その仕事とかかりがあったからではと、考えられませんか」

「あ、いや。調べが始まったばかりにて、まだそこまでは……」

田野倉は戸惑いを見せた。

「まずは、七郎次がお八重の居どころに姿を見せる見こみがあり、そこをとり押さえれば一件は落着するのです。それがしが、そういうことなら江戸の町方の手を借りるのがよろしかろうと、申したのです」

八橋が言い添え、

「渋井、よいな」

と、栗塚も念を押した。

「承知いたしました。お八重が今も江戸にいるなら、居どころを見つけるのはそう難しくはないと思われます。ただ、お八重の手紙が七郎次に届いたのは去年の秋のことですから、もう四、五ヵ月はたっているでしょう。女は性根が移り気ですから、今も江戸にいるかどうか、そいつが気になりますがね」

渋井が言うと、栗塚がまた鼻で笑った。

「何分、よろしくお頼みいたします」

田野倉は気づかず、渋井へ頭を垂れた。

折りしも、椀飯振舞の式場のほうから与力衆の笑い声が起こり、与力衆が式場を出て表玄関のほうへ向かう騒めきが聞こえてきた。

新年五日目の、まだ正月気分が町奉行所に流れた。

五

翌正月六日の朝、渋井と助弥、金ヶ作陣屋の手代・田野倉順吉は、長次という男の道案内で、王子村の王子権現を目指した。

長次は、深川櫓下裏櫓の防ぎ役の龍喬が、王子稲荷周辺の茶屋や料理屋に詳しく、気も廻り役にたてるのでと、差し向けた深川の女衒だった。

「龍喬親分には、日ごろからひと方ならぬお世話になっておりやす。我孫子宿のお八重でやすね。承知いたしやした。あっしがご案内いたしやす」

と、長次は言った。

渋井は、裏櫓の防ぎ役の龍喬がどういう男かは知っていた。

生業は岡場所の防ぎ役でも、深川や本所の親分衆の間でも顔が通っていて、若い者も大勢抱えた案外の男伊達とも、歳は四十前後の男盛り、度胸があり喧嘩も強い、とも聞こえていた。

だが、定町廻りの仕事でかかり合いを持ったことはなかった。

それが去年の秋の中ごろだった。

無足見習で北町奉行所に出仕して間もない良一郎が、同じ年ごろの見習同心や見習与力と酒を呑み、酔っ払った挙句、ばれはしない、と誘われつい羽目を外して繰り出した深川の賭場で、喧嘩騒ぎに巻きこまれた。

悪酔いした見習与力が盆茣蓙に反吐をまき散らしてしまい、たまたま見習与力の隣りにいた猪団蔵という、滅法腕っ節が強いと深川では恐れられていた無頼な男の激しい暴行を受け、瀕死の目に合わされた。

良一郎は見習与力をかばって、猪団蔵とやるかやられるかぎりぎりの拳を交わし、猪団蔵をかろうじて伸したものの、団蔵の仲間が二人いて、良一郎は袋叩きにされかけた。

その賭場に居合わせた龍喬は、若い良一郎の喧嘩っぷりに感心し、喧嘩相手の二人を軽くあしらって良一郎を助けてやった。

それをあとから知った渋井は、町方にも恐ろしい男と聞こえている猪団蔵を相手に、よく生きていられた、痛めつけられただけで命までとられなかったのは幸運だった、と蒼褪めた。

後日、渋井は良一郎の命を救ってくれた礼を言うため、良一郎を引き連れて裏櫓へいった。それが、龍喬とのかかり合い、すなわち、渋井と龍喬の男同士五分と五分のつき合いが始まるきっかけになった。

昨日、渋井は町奉行所を出たその足で、裏櫓の龍喬を訪ね、深川で茶汲女をしているると思われる我孫子宿のお八重を探す相談を持ちかけた。

「わかりやした。水茶屋の女に詳しい女衒がおりやす。我孫子宿のお八重がどこの茶屋で働いているか、訊いてみましょう。長次という男で、たぶん、そいつならわかると思いやす。見つかり次第、お知らせいたしやす」

龍喬の使いが八丁堀の組屋敷にきたのは、夜の五ツ（午後八時頃）すぎだった。

我孫子宿のお八重が雇われていたのは、深川三十三間堂町の水茶屋《椿》だったが、去年の暮れ、王子権現界隈の水茶屋の《狐火》へ店替えをした。

その折り、三十三間堂町の主人に、もし我孫子宿から人が自分を訪ねてきたら、王子の狐火に移ったと伝えてほしいと言い残していた。

今も狐火にいると思われるので、明日五ツ、湯島二丁目神田明神の鳥居前に長次を道案内にいかせるので、承知なら使いにそう伝えてくれるように、という伝言だった。

長次を道案内に、渋井らは湯島町の坂を上り、本郷通りの中山道と日光道の追分を日光道へととった。

飛鳥山下の音無川に架かるあすか橋を渡ったのは、五ツ半（午前九時頃）すぎだった。

まだ肌寒いがよく晴れた空の下に、王子村の田畑が広がり、北の地平の果てには、筑波の青い山嶺がくっきりと眺められた。

王子権現と王子稲荷の参道は、正月の参詣客があふれていた。料理屋にそば屋や土産物売、掛茶屋などの店が茅葺屋根をつらね、水茶屋の表戸には白粉を厚く塗り、唇にくっきりと紅を差した茶汲女が並んで、

「お入んなせ」

と、華やかに客引きをしている。

「狐火は、あれです」

長次が参道につらなる一軒の水茶屋を指差した。その表戸の柱行灯に、狐火、と記してあった。

「長次はお八重を知ってるのかい」

「深川の色茶屋で働いていた女は、全部わかりやす。お八重は色白のぽっちゃりした、男好きのする女です。旦那、その形でお八重を呼びやすか。それとも

「……」

長次は、渋井の白衣に黒羽織の町方の定服の形を言った。

「いや。こっちはお八重に用があるわけじゃねえ。お八重に用がある野郎に用があるんだ。おれたちは、尋ね人で狐火の亭主の話を訊きにきたふりをして店へいく。おめえは先にいってお八重を呼び、店替えの話でも持ちかけて、楽しく酒でも呑んでろ。おれたちは、お八重がどんな女か確かめたら、すぐに出て、あそこでそばを食って、おめえを待ってる。いいな」

渋井が、参道を挟んだはす向かいに構える、そば処の《稲葉屋(いなばや)》の看板を指差した。

「承知しやした」

「田野倉さん、いいですね」

「はい。渋井さんのお指図通りに」

田野倉は頷いた。

長次がお八重に見送られて、狐火を出てきたのは、それから半刻(約一時間)余がたってからだった。色白でぽっちゃりしたお八重は、はじけるような笑顔を見せ、長次に手をふって見送っていた。

渋井ら三人は、稲葉屋の小あがりにあがっていた。その小あがりの格子窓ごしに、参道を隔てた狐火の表戸が見えた。

稲葉屋の暖簾をくぐった長次が、小あがりへきて言った。

「旦那、遅くなりやした。案外話し好きの女で、なかなかきりあげられず、ちょいと長引きやした」

「いいんだ。我孫子宿のお八重に間違いねえかい」

「間違いありやせん。三年ほど前に男と江戸に出てきて、江戸にくる前は我孫子宿にいたと言っておりやした。男とは、江戸に出てすぐに別れておりやす。生まれは、水戸の近くの小幡だそうです。誰か訪ねてくる人がいるのかいと話を向けやしたら、昔の馴染みに縒りを戻す手紙を出したが、音沙汰なしさと笑っておりやした。別れた男に未練があるのかいと聞きやすと、未練というのじゃないけれど、もう年だし、このまま茶汲女をずっと続けられるわけでもないし、どこかに落ち着くところがあればと、だめで元々と、それぐらいの気分で手紙を出したと言っておりやした。あたし字が書けるのよ、と自慢そうにね」

「田野倉さん、どうやら七郎次の仲間ではなさそうですね」

田野倉は首肯した。

「よし、わかった。長次、おめえもあがってそばを食うかい」

「空きっ腹に昼前から酒を呑んで、ちょいと堪えやした」

「田野倉さんも助弥も、まだ食えるだろう。おれももう一枚ぐらいいけそうだ。天ぷらも貰おうぜ。おおい……」

注文を訊きにきた赤い前垂れの小女に、渋井は言った。

「盛を四つ。芝海老とあなごの天ぷらを四つだ」

「へえい。盛四つぅ。芝海老とあなごの天ぷら四つぅ」

渋井はいきかけた小女を呼びとめ、

「それとな、昼前の忙しいのに済まねえが、手が空いたときでかまわねえから、亭主にくるように言ってくれるかい。ちょいと御用なんだ」

と、小声で言った。

小女は、えっ、という顔つきで町方の定服を見つめたが、すぐにぺたぺたと草履を鳴らし、土間の奥へ小走りに駆けていった。

土間の奥では、竈にかけた大鍋が白い湯気をあげ、下帯に紺の前垂れをつけただけの男らがそば粉をこね、炭火が熾る炉ではやはり前垂れの男が天ぷらをじいと揚げ、途ぎれなしに入る注文をこなしている。

盛と天ぷらが運ばれてくる前に、痩身に上等そうな袷を着流した初老の男が、小あがりにきて小腰をかがめた。

「稲葉屋の亭主の平八と申します。お役目ご苦労さまでございます。御用の向きを承ります」

「北御番所の者だ。この二階の参道側のひと部屋を、しばらく借りてえ、商売の邪魔をして済まねえがな」

　渋井は朱房の十手を、さり気なく膝のわきにおいた。

「さようで。二階は参道側に三畳が二部屋に奥が四畳半でございます。奥の四畳半でいかがでございましょうか。ただ、襖の間仕切だけでございますので、声が筒抜けでございますし、三畳間の間仕切をとり払って酒宴なども開かれることがございますので、それはご了承願います」

「けっこうだ。それと、くれぐれも内密に頼むぜ。使用人らにもな」

「心得ました。いつからでございますか」

「なるべく早いほうが、ありがてえ」

「では、今から二階へご案内いたします。盛が四枚に芝海老とあなごの天ぷらが四人前でございましたね。二階へお運びいたします」

亭主は言った。

二階の四畳半の出格子の窓ごしから、狐火の店頭が丸見えだった。

三人の茶汲女が、店頭に出て客引きをしている。客の袖を無理矢理引っ張っていく女もいた。

「長次、そばと天ぷらを食ったら、引きあげてくれていい。世話になった。いずれこの礼はするぜ。龍喬に、借りができたと礼を言っといてくれ」

「礼なんぞ、滅相もねえ。よろしいんで。あっしも手伝いやすぜ」

「いや。あとはこっちでやる。これからどうなるかわからねえし、むだになるかもしれねえしな。それから、助弥も長次と一旦戻って、蓮蔵を連れてきてくれ。ここら辺を怪しまれずに動き廻れる男が、ひとりいたほうがいいだろう。ついでに、八丁堀に廻って、おれと田野倉さんの着替えを持ってきてくれ。町方の定服じゃあ、外にも出にくい」

「あ、いや、わたしはこれで」

「いいじゃありませんか。田野倉さんも、いかにもお役人って様子だし」

「旦那と田野倉さんの着替えも、承知しやした」

助弥が笑って言った。

狐火の店頭に、白粉顔のぽっちゃりとしたお八重が客引きに出てきた。

「お入んなせ」

お八重の甘ったるい華やかな声が聞こえた。

田野倉もお八重の様子を、凝っと見おろしている。

「案外に、無邪気な気だての女のようですね。もっと擦れた女かと、思っておりました。七郎次は、現れるでしょうか」

「四十をすぎてから、二十も歳の離れた女に惚れた。女が消えて三年がたち、もう会えねえと諦めていたのが、ひょっこり、女から会いてえと手紙が届いて、会いたさ見たさがかえって募ったってえのは、ありがちな話ですからね。七郎次は会いにくるような気はしますがね」

「どれぐらい、かかるでしょうか」

「今日明日ってえわけにはいかねえでしょうね。長くなりそうだ」

渋井は、お八重が参詣客にふりまく艶めいた、それでいて邪気のない笑顔を見つめたまま言った。

「けど、案外早いかもしれません。探索の手が迫っていることは、充分承知しているでしょうからね。ぐずぐずしていられねえと、七郎次も思っているでしょう。まあ、くるとしたらですがね」

「くるとしたら……」

「お待たせいたしました」

小女が四人分の盛と天ぷらの膳を運んできて、四畳半に香ばしいごま油の匂いがふわりとたちこめた。

六

同じ六日、市兵衛が永富町の安左衛門店を出たのは、東方の町家の屋根と同じほどの高さに朝焼けの帯がかかった早朝だった。

だが、朝焼けのあたりは微妙な青みに染まり始めているものの、まだ鳥影ひとつよぎらず、天空を蔽う夜の闇には星が瞬いていた。

春正月とは言え、朝はまだ凍える寒さで息が白い。

幸い風はなく、日が昇れば寒気はやわらぎそうな早春の朝だった。

日本橋の大通りへ出て、本石町の二丁目と三丁目の辻を東へ、浅草御門橋のほうへ曲がった。

市兵衛は桔梗色の綿入を着け、青鼠の細袴を穿いて、五尺七、八寸（約一七一～一七四センチ）の痩身にはいささか重たそうに見える黒鞘の二刀を帯びていた。

手甲脚絆、草鞋掛、紺黒色の半合羽にくるんだ痩身にしては意外に広い肩へ、ふり分け荷物を軽々とからげ、目深にかぶった菅笠の影の下に、やや骨張った白い顎と長い首がのぞいている。

うん、どこの誰だい？　と通りがかりがいれば目を遣りそうな風采ながら、早朝の大通りに通りがかりはいない。

普段なら、朝の早い職人らが道具箱などをかついで仕事場に向かう姿が見られる刻限だが、正月休みの所為か、大通りのずっと先に人影がひとつ二つ見えるものの、大通りには夜の暗みがわだかまり、東の果ての朝焼けだけが血のような赤色に染まっている。

馬喰町から、浅草御門をくぐって神田川を渡った。

川下に柳橋の影がうっすらと見え、川沿いに軒をつらねる船宿の船寄せには、屋根船や猪牙などの川船が、舳を並べて浮かんでいる。

その男は、浅草御門橋の袂に佇んでいた。

橋の袖の枝垂(しだ)れ柳の高木が、男の上に葉の落ちた枝を垂らしていた。

男は、茶縞の半纏(はんてん)を角帯でぎゅっと絞って身をくるんで下着を尻端折(しりはしょ)りにし、黒の股引(ももひき)に黒足袋草履の、いかにも職人風体に見えた。

　橋の袂には、男のほかに人の姿はなかった。

灰色の小銀杏(こいちょう)に結(ゆ)った月代(さかやき)が、うっすらとのびていた。背中を丸め、組んだ腕を半纏の両袖に差し入れ、寒さと孤独を凝っと我慢しているかに見えた。

市兵衛が浅草御門橋を渡っていくと、これまでずっとそうしてきて、生きている限りはこれからもそうするであろう我慢を皺(しわ)に刻んだ険しい顔をあげ、腕組みを解いて膝にそろえ、市兵衛へ黙然と辞儀を寄こした。

　およそ一年前、市兵衛は渋井鬼三次に頼まれ、ゆえあって大坂へと旅だった小春と良一郎を連れ戻しに上方へ上り、夏の半ば近くになってようやく江戸へ戻った。そのあと、長谷川町の扇職人の左十郎と女房のおくめが、娘の小春を無事連れ戻した礼を言いに、市兵衛の店を訪ねてきた。

　左十郎と合ったのは、その一度だけである。

　浅草御門橋を渡り、枝垂れ柳の下の左十郎へ進んだ。左十郎に辞儀をかえし、菅笠を持ちあげた。

「お早うございます。長谷川町の左十郎さんですね。お久しぶりです。唐木市兵衛です」

市兵衛は先に声をかけた。

左十郎はやおら頭をあげたが、目は伏せたままだった。

「唐木さま、浅草御門橋を必ずお通りになるだろうと、勝手にお待ち申しておりやした。ご迷惑かもしれやせんが、しがねえ職人風情でございやす。ご無礼をお許し願えやす」

「無礼などと、とんでもない。ずっとここで、お待ちだったのですか」

「ここでお待ちすれば、唐木さまにお会いできると見当をつけ、まだ真っ暗な時分からでございやす」

「そうなのですか。では、小春に聞かれたのですね」

「へい。昨日の朝、小春がどこへいくとも言わず店を出て、昼ごろ帰ってきやしたが、どこへいっていたのか、何も言いやせん。女房はずっと寝こんでおりやすし、あっしも不機嫌面でぶすっとしておりやすので、可哀想に小春が何も言えねえのは無理もねえとわかっていながら、もしかしたら、良一郎坊ちゃんと会ってきたのかなと、つまらねえ邪推、あ、いや、間違ったことしていると勘繰ったわけじゃねえんですが、無闇に気になってならず、つい強い口調で問い質したんでございやす。そしたら、唐木さまをお訪ねして、斯く斯く云々とお頼みしたと恨めしそうに眉をひそめて言った、どきっとするほど悲しげな小春の姿に、あっしはてめえが情けなくって、かえす言葉がありやせんでした。小春はなんにも悪くねえのに、あっしらの所為で負い目を覚え……」

「小春は胸を痛めています。誰かが又造さんに会いにいくべきだと思い、それで引き受けたのです」

「ありがとうございやす。本途に、ありがとうございやす……」

左十郎は目を伏せたまま、苦しそうに繰りかえした。

「こんなときこそ、親父のあっしがいって、倅の又造に、職人の弟子にちゃんと向き合わなきゃあならねえのは、わかっちゃおりやす。けど、倅にそっぽを向かれたら、あっしは手も足も出やせん。ただ狼狽えるだけの、情けねえ親父でございやす。職人の親方だと、偉そうにしてもこんなもんでございやす。三歳の小春を江戸へ連れてきたときから、小春を悲しませ、苦しめてきたのが、あっしはわかっちゃいなかった。その挙句に、倅に愛想をつかされやした。何もかも、馬鹿なてめえがまいた種でございやす」

「左十郎さん、誰の所為でもありません。ご自分を責めるのはそれまでに。左十郎さんの今の言葉も、おくめさんの悲しみと苦しみも、小春の願いも又造さんに伝えます。小春に申しました。他人のわたしにできることは少ないと。ですが、他人のわたしだからこそ又造さんに会い、又造さんの考えを冷静に聞くことはできると思うのです。又造さんが江戸へ戻らなかったとしても、又造さんが何を考え、いかに生きていくつもりなのかは、お知らせにあがります。どうぞ、しばらくお待ちください」

　ううっ、と左十郎は声をつまらせた。しかし、それを堪えて平静を装い、半纏の下着の懐からひとにぎりの布きれの包(くる)みをとり出した。左十郎は包みを両の掌に載せ、市兵衛に差し出した。

「唐木さま。こいつは、又造が生まれたときから、おくめと二人でこつこつと蓄え、又造が扇職人の家業を継いで所帯を持つときがきたら渡してやることにしていた、祝い金でございやす。三十両と少々でございやす。おくめも承知いたしておりやす。もしも、又造がもう江戸には戻らず、てめえひとりの道をいくとしても、それも又造の新しい門出でございやす。新しい門出に、あっしら夫婦の祝い金をわたしてやってほしいんでございやす。あっしはまだ五十前でございやす。

あと十年、いや二十年、死ぬまで扇職人を続けるつもりでおりやす。ずっと、おめえがいつか帰ってくるのを待っているぜと、それもお伝えくだせえ。何とぞこれを……」

市兵衛は、三十両余の包みを差し出した左十郎を見つめた。

左十郎のその姿は、倅にしてやれることをしないでは気が済まない、父親の強い感情をひしひしと伝えていた。

市兵衛は三十両余の包みを受けとった。そして、

「又造さんに、必ずおわたしいたします」

と、懐に仕舞った。

「それから、わずかではございやすが、これは路銀の足しに、どうぞお持ちくだせえ。お礼は、改めてさせていただきやす」

左十郎は半纏の袖から白紙の包みを出し、市兵衛ににぎらせた。

「ありがとうございます。遠慮なく使わせていただきます。ですが、自ら又造さんに会いにいくと決めたのです。これ以上のお気遣いは無用です」

左十郎は涙を堪えて頷いた。

「唐木さま、どの道をいかれやすか。やっぱり、四ツ木（よつぎ）の曳舟（ひきふね）をお使いですか」

「そのつもりです。ひとり旅です。急げば、小金宿は昼ごろ。暗くなる前には我孫子宿に着きます。今夜は我孫子に宿をとって、明日、青山村へ向かいます。又造さんが訪ねているのは、青山村の親類の南吉さんですね」

「へい。あっしは江戸の生まれですが、郷里は相馬郡の青山村でございやす。南吉はあっしの従兄の倅で、親父が江戸に出るまで暮らした青山村の生家を継いでおりやす。七年前、従兄が災難に遭って亡くなり、又造を連れて生家を訪ね、墓参りをいたしやした。その折り、南吉が十四の又造を実の弟のように可愛がってくれやした。南吉はあのとき二十歳でした。父親を亡くし、ひとりぼっちで生きていかなきゃあならなかったんで、寂しかったんでしょう。南吉の母親は……おっといけねえ。話がそれやした。唐木さま、ご迷惑かもしれやせんが、大川橋(吾妻橋)あたりまでお見送りさせていただきやす」

「はい。では参りましょう」

市兵衛と左十郎は、浅草御門橋から蔵前通りをいき、浅草へと向かった。

浅草をすぎて千住宿、さらに北へいく道は奥州道である。

千住より、新宿、松戸、小金、我孫子、利根川を越えて取手……と水戸まで続く脇街道の水戸道が東へ分かれている。

浅草から大川橋を渡り、向島（むこうじま）の田のくろ道を曳舟川に出て、四ツ木の船着場から亀有（かめあり）まで曳舟でいくことができた。

中川（なかがわ）を渡って新宿へ出る近道であった。

左十郎は大川橋あたりまでと言っていたのが、大川を越えて向島を流れる曳舟川の土手道を四ツ木の船着場まで、もう少し先まで、と見送りを止めなかった。

そうして、又造と小春の兄妹を育ててきた十五年以上の歳月を、問わず語りに語って聞かせたのだった。

四ツ木の船着場に着いたとき、天道は東の空にすでに上り、早春の冷ややかな青空がはるかに高く広がって、いく羽もの鳥影が飛翔していた。

四ツ木の曳舟の船着場には二軒茶屋が並び、白い煙が茅葺屋根に上っていた。

折よく、水戸のほうへゆく旅人の乗り合いの舟が出るところだった。

「左十郎さん、それではここで。お見送り、ありがとうございました」

「とんでもございやせん。唐木さま、どうぞお気をつけて」

左十郎は船着場の土手道に凝っと佇み、そうしないでは気が収まらぬかのように、市兵衛へ頭を垂れた。

旅人に続いて舟に乗ると、菅笠をかぶった土手の人足が綱を牽（ひ）き、舟は曳舟川をゆっくりとすべり出した。

北の彼方(かなた)の地平に、筑波の青い山嶺がくっきりと見えていた。

しばらくさかのぼって、船着場へふりかえると、だいぶ離れた船着場の土手に左十郎はまだ佇んで、曳舟の市兵衛のほうへ頭を垂れていたのだった。

左十郎は、そのままいつまでも動かなかった。

第二章　血の盃（さかずき）

一

江戸より水戸道を我孫子宿まで、九里（約三六キロ）の道程だった。

新宿（にいじゆく）の次の宿場は、金町（かなまち）村をすぎ、江戸川を渡った松戸宿で、松戸へ渡す江戸川の渡船場に関所がある。

松戸宿の次の小金宿をへて、我孫子宿に着いたのは、日暮れ前の刻限だった。

上坂を下って宿場町に入った。

我孫子宿は、本陣と脇本陣のおかれた大きな宿場町だが、大名御通りの泊りは少なく、利根川を越えて陸前（りくぜん）へつながる道と、成田へいたる高野山（こうのやま）道の追分を控えた土地柄が、多くの旅客の賑（にぎ）わいをもたらした。

興陽寺の門前あたりより往来の両側は家並が続き、八坂神社の先に旅客や住人の往来が目だち始めた。繁華な往来をいく旅客の中には、成田山への参詣の旅らしい遍路姿の一行もまじっている。

延寿院、大光寺の堂宇が、町家の屋根より高く茜色に染まった東の空に見え、旅籠が軒をつらねる往来では、客引きの呼び声が彼方此方であがっていた。

市兵衛は、本町の茅葺屋根の《鈴松》という旅籠の表戸をくぐった。

折れ曲がりの前土間があって、すぐに内証から渋茶を着流した亭主らしき白髪の男が店の間に出てきて、あがり端に端座した。

「お武家さま、ようこそおいでなさいまし」

「宿を頼む」

「お武家さまおひとりで、ございますか」

「いかにも」

市兵衛は菅笠をとり、大刀をはずした。

亭主は人馴れした笑みを満面に見せた。

「昨夜は、成田山参詣のお客さま方が多くお泊りでございましたが、今朝早くみなさまお発ちになられ、ごゆるりとお泊りいただけます。どうぞ。ただ今濯ぎをお持ちいたします」

それから、「おおい、お客さまに濯ぎをお持ちしなさい」と、土間の奥へやわらかい声を投げた。

「へえい」

女の返事が聞こえ、折れ曲がりの土間に、紺木綿を裾短に着け襷がけの婢が手拭と小盥を持って、草履をぺたぺたと鳴らし小走りに現れた。

湯帷子や半纏の乱れ箱を抱えた中働きの女が、亭主に代わって市兵衛を二階の六畳間に案内した。

襖で間仕切した部屋で、両隣りの部屋は空いていた。出格子窓の明障子戸を引くと、本町の往来が見おろせ、暮れなずむ夕方の空には、さっき門前を通りすぎた大光寺の壮麗な堂宇の屋根が見えた。

「湯殿と厠は、下の渡り廊下を裏庭のほうへいき……」

中働きの女は行灯に火を入れながら言って、「ごゆっくり」と退っていった。

ふり分けの荷をおろし、半合羽を畳んで両刀と菅笠を重ねたところへ、再び高齢の亭主が宿帳を手にし、「失礼をいたします……」と部屋にきた。

亭主の差し出した宿帳に、神田永富町三丁目安左衛門店唐木市兵衛、と手早く記し、道中手形を差し出した。

「江戸は神田永富町三丁目、安左衛門店、唐木市兵衛さま。では、お屋敷勤めではなく、ご浪人さまでございますね」

亭主は、武張ったところのない、背の高い痩身とかすかな笑みを湛えた市兵衛の様子が、老成したようにもまた若くも見え、諸国遍歴の旅とは思われず、かえって詮索したくなるような訝しさを覚えた。

「どちらまで、旅をなさるのでございますか」

宿帳を閉じ筆を仕舞うと、さり気ない素ぶりを装って聞いた。

「この先の青山村へ、人を訪ねます」

市兵衛はさらりとこたえ、亭主は意外そうな顔をした。

「ほう、青山村に人をお訪ねでございましたか。青山村まではさほどの道程ではございませんが、こちらに宿をとられたのでございますか」

「知り合いに頼まれた用なのです。青山村は初めての土地で、訪ねる方も知り合いではありません。明日、朝のうちにお訪ねするつもりです」

「それはそうでございますね。百姓はみな、夜が早うございます。青山村は表の通りを東へいかれ、大光寺さまの分院から数町宿場はずれに成田街道と水戸街道の追分がございますので、北の水戸街道をとられて一里（約四キロ）余、柴崎村の次が青山村でございます。青山の峠道から集落や田畑が見おろせ、集落のずっと彼方に徒広い川原と坂東太郎利根川の雄大な眺めが、わたしども土地の者が自慢の絶景でございます。青山村は対岸の取手宿へ渡す渡船場の村役でもあり、村名主さまはよく存じあげております。わたしより高齢ながら、若い後家を女房に迎え、未だ矍鑠としておられましてね。お客さまは、村名主さまをお訪ねで」

亭主は訊ねもせぬのに、勝手に喋った。

いえ、と市兵衛は破顔した。

「二十代の半ばを過ぎた年ごろの、まだ若いお百姓です」

「あ、さようで。余計なことを申しました。お許し願います。それはそうと、お客さま、夕餉を先になさいますか。湯を先になさいますか」

「先に湯を、使わせていただきましょう」

「承知いたしました。今日はほかにお客さまが少のうございます。四人ぐらいは一緒に浸かれる、大きな五右衛門風呂を据えておりますので、ゆっくりできますよ。それで、夕餉にお酒はいかがなさいますか」

「一本、いただきましょう」

「やはり、正月は燗でございますね」

「ぬるめの燗で……」

「酒の肴に、何かお作りいたしますか。今朝方、銚子湊よりなま舟で届いた真黒がございます。つけ焼きにいたせば、酒の肴にもご飯のおかずにも合います」

「温かい湯豆腐を、いただきましょう」

「あ、湯豆腐はよろしゅうございますな。寒い夜には酒の肴に、ひったりでございますよ。では、湯豆腐をお酒の肴に添えまして、それからお客さま。旅の宿の徒然に、飯盛のご要望はございませんか。我孫子の飯盛は、みな情が濃やかで気だてがよいと、お客さまの評判がよいのです」

「それは無用です」

「さようですね。物見遊山の旅ではございませんのでね。あは……」

亭主が皺だらけの手で膝をうち、また人馴れた満面の笑みを見せた。

「あの、お客さま。それからいまひとつ、たまたまこちらのお好きなお客さまが、今夜のお泊りでございます」

と、花骨牌を打つ仕種をした。

「ほかにお泊りのお客さまがいらっしゃいますので、ご迷惑にならぬようにとお願いはいたしております。ただ、もしかしたらでございますが、夜ふけまでお遊びが続いて、うるさくて眠れぬということがございましたら、つまらぬもめ事になっては困りますので、相手のお客さまには仰らず、わたしどもにお知らせくださいませ。わたしども宿の者が、ご迷惑にならぬようにと、重ねてお伝えいたします。むろん、こちらの部屋とは充分離れており、それほどのことはないと思うのでございますが、念のため申しておきます」

「この宿の、定客の方々なのですか」

「はい。問屋場の下請けの荷馬や馬方の差配をなさっている、柴崎村の牛次郎親分のお身内の方々で、仕事柄、宿場の問屋場にこられる機会が多く、よくお泊りいただいております」

と、障子に人影が差し、障子戸ごしに中働きの女の声がかかった。

「旦那さん、女将さんがきてほしいと仰ってます。内証でお待ちです」

「そうかい。わかった。すぐいくと伝えておくれ。ではお客さま、ひと風呂浴びて夕餉までおくつろぎくださいませ。お邪魔いたしました」

亭主が、よいしょ、と立って部屋を出た。

市兵衛は衣服を着流しに変え、階下へおりた。

湯殿は板敷の廊下伝いの裏手にあり、板敷を隔てて厠と手水場があった。暖かそうな湯煙が、湯殿でゆれていた。

湯殿に市兵衛はひとりだった。無双窓が透かしてあり、暮れなずむ初春のかすかな明るみが、湯殿の外の灌木を青白い残影のように映していた。

両刀や財布、衣類を風呂敷にくるみ、大きな五右衛門風呂にひとり浸かった。

鳥もそろそろ巣に帰るころである。客が少ない所為か、宿は静かだった。通りの客引きの声は、湯殿までは聞こえなかった。

市兵衛は、明日青山村へいき又造に会って、どんな話ができるか考えた。又造に江戸へ帰る気がなかったら、左十郎とおくめ夫婦はさぞかし悲しむだろう。小春も苦しむに違いない。それを思うと、気が重かった。

湯で顔を洗い、ため息をついた。

又造に左十郎から預かった三十両余をわたし、と考えた。

そこへ、板廊下を荒っぽく鳴らす足音が近づいてきた。男が二人らしく、あの野郎が……妙な魂胆を起こしやがって……と言い合う声や、くすくす笑いが聞こえた。湯殿に人がいると、まったく思っていないようだった。

二人の男は、厠へ入った。

湯殿は板戸が閉てあり、二人がどんな風体かはわからなかった。ぼそぼそとした低い声が聞こえ、それからあけすけな笑い声をあげた。厠の戸を乱暴に開け閉めする音が続いた。

合い風呂か、と思ったが、男らは手水も使わず、板廊下をまた荒っぽく踏み鳴らし、声は遠ざかっていった。市兵衛は、湯に首が浸かるまで身体を沈めて考えこんだ。男らが交わしたぼそぼそとした話し声に混じって、

「なんきちが……」

と、言ったのが聞こえたからだ。

男らの親しい仲間とは思えない言い方だった。

まさか青山村の南吉では、と市兵衛は気になった。

たぶん、あの男らはさっき亭主が言った、柴崎村の牛次郎という請人の身内の者と思われた。牛次郎は、問屋場の荷馬や馬方の差配を請け負っていると、亭主は言っていた。気の荒そうな男らだった。

湯を出てすぐに、夕餉の膳が調えられた。膳には湯豆腐と燗酒、真黒の切身のつけ焼きの皿が並んでいた。ふん、と市兵衛は鼻で笑った。

湯豆腐を肴に燗酒を一本呑み、麦飯にとろろ汁をかけて食った。

夕餉の膳が片づけられると、女がすぐに床を延べにきた。

女が床を延べる間、市兵衛は出格子窓の障子戸を開け、敷居に腰をおろした。

通りに人影は絶えて、宿場ははや寂としていた。遠くのほうで、座頭の呼び笛が物憂そうに聞こえていた。

南の空高くに、欠けた月がぽっかりと浮かんでいた。江戸の町よりも、夜空の星が綺麗に見えた。

通りの少し先に、縄暖簾のさがった酒亭が一軒だけ、赤い提灯をぽつんと灯していた。赤提灯に記した、めし、さけ、の文字が読めた。

昼間は一膳めしを食わせ、夜は酒を呑ますのだろう。

そのとき、階下の潜戸が開く音がした。

すぐに、三つの着流し姿が宿の軒庇の下から通りに出てきて、寒そうに背中を丸め、通りを東のほうへだらだらといくのが見えた。柴崎村の牛次郎の身内の者に違いないと、勘が働いた。

男らは、赤提灯の酒亭の油障子の表戸を引き開け、中へ入った。

「姐さん、あそこの酒亭は遅くまでやっているのかい」

市兵衛は床を延べた女に、通りの先を指差して訊いた。

「はあ。《益田屋》さんはお客さんがいれば、四ツ（午後十時頃）すぎまで開けていますよ」

女は窓のそばにきて、通りを見て言った。

「ずい分遅くまで開けているんだな」

「水茶屋で遊んだお客さんが、ぶらりと立ち寄って、一杯呑んでいくんです。水茶屋の女が一緒のときもありますし」

女が退ると、市兵衛は脇差だけを腰に帯びた。宿の半纏は着けず、桔梗色の綿入の着流しで階下におりた。たまたま、店の間にいた宿の亭主に、

「おや、益田屋さんへ、さようで。いってらっしゃいませ」

と見送られ、通りへ出た。

夜はまだまだ凍える寒さである。

益田屋の油障子を引くと、土間に縁台が二脚おかれ、片側が茣蓙を敷いた小あがりになっていた。土間の奥に、湯気をのぼらせている鍋をかけた大きな竈に、膳や盆、碗や鉢を並べた棚のある炊事場があった。

片側の壁に品書きの茶色く褪せた札が貼ってあり、煤けた天井には、八間が戸内の古ぼけた様子を、思っていたより明るく照らしていた。

「おいでなさい」

角頭巾をかぶった年配の亭主が、なぜか意外そうな顔を市兵衛に寄こした。

奥の縁台にかけていた、白髪の薄い毛を小さな髷に結った老いた男が、酒で赤らんだ顔を市兵衛に向けた。三人の男らは小あがりにいて、突き合わせていた顔をあげ、妙に険しい目つきを市兵衛へ廻した。

市兵衛は三人へさり気ない一瞥を投げてから、亭主に酒を頼んだ。

「肴は煮物と漬物しか残ってませんので、それでかまいませんか」

亭主は酒の支度にかかりながら言った。

「それでいい」

市兵衛は小あがりの三人に背を向ける恰好で、縁台に腰かけた。

三人はすぐに、市兵衛を気にするふうもなく、小声ながらも途ぎれ途ぎれに聞こえるほどの言葉を交わし、せせら笑いをもらした。

奥の年寄も、愚痴の続きを亭主へ話しかけた。亭主は支度をしながら、だいぶ酔った年寄に一々返事をし、愚痴を聞いてやっているふうだった。

亭主が燗酒の徳利に杯、煮物の鉢と漬物の小鉢を運んできた。

「どうぞ。ごゆっくり」

　そう言って奥へ戻り、年寄の愚痴話が続いた。

　市兵衛はゆっくりと杯をあげた。

「……だからよ、役人の詮索がしつこくて、親分の機嫌が悪くてな。けどな、こうなったからには、親分のもくろみ通りに事が進みそうだがな」

「このまま突っ走って、大丈夫なんすか。嘘か真か、下っ端のあっしらにはわからねえが、ありゃあじつは親分の差し金じゃねえかと、噂が流れてやすぜ。目だちすぎると、やっぱり噂は本途なんだと、勘繰られるんじゃあありやせんか」

「そうですよ。万が一、親分が……なったとしたら、おれたちはどうなるんで」

「どうもこうもねえぜ。親分と一蓮托生、かもな。三途の川を、親分と一緒におれたちも渡るのさ」

　あはは、と男らは軽々と笑った。

「ひええ……」

「冗談だ。心配すんな。いいか。これはおれたち渡世人同士のもめ事だ。陣屋の役人も問屋場の宿役人も、渡世人同士のもめ事は渡世人同士で方をつける、それがどういうつけ方だろうと、堅気を巻きこまなきゃあ目をつぶる、知らぬふりをするのが、お上の裏のご裁量なんだ。そのために、おれたちの稼ぎの何某かを、お役人さま方にちゃんと上納して、何とぞ穏便にとお指図を仰ぐのさ。するとお上のほうも、そのほうらでよきにはからえってわけさ。こう言っちゃあなんだが、うちのけちな親分が、相当思いきったお足をお納めしたって聞いてるぜ。もっとも、袖の下からだがな」

「ははあん、そうなんで」

「けど、陣屋の手代は暮れの一件をまだ諦めずに探ってるって、聞きますぜ。そっちのほうで何か証拠が出て、もし噂が噂じゃあなくなったら……」

「気の小せえ男だな。大丈夫だ。下っ端は真剣に仕事をするしかねえんだ。真剣に探った報告を上にあげたら、上は相わかった、ご苦労、そこまででよい、あとはこちらに任せよと、一件落着なのさ」

「ら、落着って？」

「だから、暮れの一件も下手人は不明のまま……」

あとの言葉が聞きとれなかった。ひそひそと言葉が交わされ、突然、どっと笑い声があがった。

市兵衛は杯を止め、小あがりの三人へ、ちらり、と目をやった。

かまわず、男らの小声が続いた。

「ところで、なんきちの野郎は、どうなってるんで」

「なんきちは、妙に性質の悪いやつだぜ。親分に目をかけてもらってさんざん世話になっておきながら、突然姿をくらませやがって、親分が不機嫌なのは、野郎の所為でもあるんだ。あんだけ親分を怒らせて、あの野郎が暢気にひょろひょろと出てきやがったら、相当、具合の悪いことになりそうだぜ」

「相当って」

「親分の我慢も限りがある。だからこれよ……どっちにしても、なんきちの野郎はいずれ、消えてなくなるしかねえのさ。親分は容赦しねえだろうな。おれはそう思うぜ」

ふうむ、とうめき、しばしの沈黙があった。

「それと、なんきちに妙な野郎がくっついておりやすね。江戸からきた遠縁の縁者らしいのが。なんきちがこれだと、あの野郎も、なんきちと一緒だったら、これですかね」

また、声が聞こえた。

「間違えなくこれよ。あんな野郎はどうせ芥だ。けど、芥でも抛っとくわけにはいかねえだろう。おめえは関係ねえから消えろと、うちの親分が容赦するとは思えねえ。なんきちを……したらついでにこいつも、となるんじゃねえか」

　と、それから声がいっそう低くなり、言葉が聞きとれなくなった。

　市兵衛は息をつき、止まっていた杯をあおった。

「亭主、酒だ」

　と、男らが奥の亭主に声をかけた。

　亭主が新しい徳利を運んでくると、男らは話を変え、花骨牌の勝負に花を咲かせ始めた。徳利と杯をかちゃかちゃと鳴らし、

「夜が明けるまでは、まだまだだ」

「ああ。今夜は長い夜になりそうだぜ」

　と、賑やかに言い合った。

　市兵衛は一本の徳利を乾し、小あがりの男らより先に酒亭を出た。旅籠の鈴松へ戻り、布団にくるまった。男らが言っていたなんきちの名と、江戸からきた縁者が頭から離れず、なかなか寝つけなかった。

　南吉と又造は無事なのか。明日、青山村を訪ねればはっきりするはずだが……

　市兵衛は真夜中に一度、目を覚ました。

離れた部屋で、花骨牌に興じる男らの声が聞こえた。真っ暗闇の静寂の中で、まるで、物の怪（もののけ）が狂おしく戯（たわむ）れているかのように。

二

鈴松の朝飯に、正月七日の七草粥（ななくさがゆ）がふる舞われた。

亭主と女将、中働きの女らに見送られて鈴松を出たのは、朝の六ツ半（午前七時頃）ごろだった。吐息が白く、春は名のみの寒い朝だった。けれど、抜けるような青空に耀（かが）やかしい天道が上っている。

宿場の下坂を下り町家を抜け、ほどなく、追分に出た。

追分の松林の下に道陸神（どうろくじん）が建っていて、追分を東へとれば高野山道を成田へ、北へとれば水戸街道を水戸へであった。

我孫子宿より水戸道の次の宿場は、利根川を渡った取手宿である。

市兵衛は追分を北へとった。

街道の左手に田んぼがつらなり、右手は鬱蒼（うっそう）とした松林の小山が続いた。人家はないが、市兵衛の前方や後方に、北へ向かう旅人の姿はあった。

陽射(ひざ)しの下でも薄暗く寂(しん)とした林間を抜け、畑の間をしばらくいき、やがて下り坂に差しかかった。坂を下ると、いく枚もの田んぼの間をゆるやかに蛇行する街道が、ずっと先の集落へ通じていた。

街道の西側の集落の茅葺屋根より高く、朝の光を受けて白く耀く寺院らしき瓦屋根や、その屋根よりもさらに高く、榧(かや)の巨木が空にのび、神社の鳥居も見える大きな集落だった。

あれが柴崎村か……

市兵衛は坂道を下りつつ呟(つぶや)いた。

左十郎の郷里・青山村は、その柴崎村の隣村である。

青山村とはるか彼方の利根川の流れを見おろす峠道に立ったのは、我孫子宿を出てから半刻（約一時間）後だった。

峠道から望む澄みきった天空の下の広大な景色に、市兵衛は息を呑んだ。

鈴松の亭主が、「土地の者が自慢の絶景」と言っていた通りだった。

峠道が畑の間をなだらかに下ったあたりより、青山村の集落が始まり、集落の往来の突きあたりに川除堤(かわよけ)が見えた。

水戸道は、川除堤を越えて、利根川の広々と開けた川原の、流作場の畑地や沼、葭原畑や深い芝原の間を渡船場まで通っていると、それは左十郎から聞いた。

市兵衛は、峠道を下って集落の角を曲がった。

青山村は大きな集落ではないが、利根川対岸の取手宿へ渡す渡船場の村役を務めており、《間の宿》として茶店や旅籠もあった。

午前の刻限、村の往来に人通りは少なく、ひっそりとしていた。

だが、早朝の寒気はだいぶやわらいで、川除堤の段々を旅人が上り、川原へ下っていく姿が見えた。

市兵衛は、往来の途中に、《お休み処》の旗を庇に垂らし、白い煙をふわふわと煙出しからあげている掛茶屋の軒をくぐった。

掛茶屋は、緋毛氈を敷いた二脚の縁台を並べた前土間が往来へ開かれ、土間続きに三畳の店の間があった。店の間の炉にかけた茶釜が、うすい湯気をゆらし、前垂れをさげた初老の亭主が茶釜の番をしていた。

亭主は「おいで」と炉のそばから声をかけ、人のよさそうな笑みを寄こした。

市兵衛は肩にからげたふり分けの荷をおろし、菅笠と大刀をはずした。縁台に腰をおろし、

「茶を頼む」

と、竈のそばの亭主に言った。ほかに客はなかった。

亭主は、煎茶が香る碗を小盆に載せて、すぐに運んできた。

「ご亭主、この村の住人の南吉という方を訪ねて、江戸からきた者です。南吉さんの住いを、ご存じではありませんか」

市兵衛は煎茶を一服し、慇懃に言った。

「南吉でございますか。南吉の住いは存じておりますが、あの男は今、そこに住んではおりません。南吉の店は、空き家になっております」

亭主はあっさりとこたえた。

「空き家に……」

「へえ。空き家になって一年、一年半になりましょうか。空き家になりますと店の傷みがひどいと、南吉の五人組の者が言うておりましたな」

「一年以上？　南吉さんはどちらかに引っ越されたのですか」

市兵衛は碗をおいた。

「引っ越したというのかどうか。村に帰ってこなくなって、もう一年半がたったというだけですからな。それでも、初めの二、三ヵ月ぐらいは、時どき店の様子を見に帰ってきてたようです。それからはぷっつりと帰ってこなくなり、店は荒れ果てて空き家同然です」

「旅に出て帰ってきていない、ということなのですか」

「いえいえ。旅に出ておるのでもありません。半月ばかり前の去年の年の瀬に、この前を通りがかっております。つまり南吉は、青山村の店をほったらかしにして、柴崎村の牛次郎さんの店に居ついていると、聞いております。南吉をこのままにしておいては、今にとりかえしのつかないことになって、村もなんぞお咎(とが)めを受ける事態になるのではないかと、名主さまも気にかけておるのですがな」

市兵衛の脳裡(のうり)に、昨夜、酒亭の益田屋にいた男らが、《なんきち》という名を何度も出したことがよぎった。

「柴崎村の牛次郎さんは、我孫子宿の問屋場で継立(つぎたて)の荷馬と馬方の差配を任されている請人ですね」

「そうです、そうです。柴崎村で馬宿を営んでおりますが、我孫子から青山村あたりまでを縄張りにする貸元です」

「貸元が問屋場の請人をですか。それはどういう事情なので？」

「ですから、貸元でありながら、我孫子宿と青山村の間の継立の、荷馬と馬方の仕きりを引き請けているのですよ」

「青山村の南吉さんの田畑は、どうなっているのですか」

「お侍さまは、南吉の江戸の親類の方で？」

「そうではありません。南吉さんの江戸の縁者が、遅くとも年明け早々に、南吉さんを訪ねてきているはずなのです。わたしはその者にかかり合いがあって、南吉さんを訪ねてきたのです」

「さようで。なら、南吉の事情をよく知ってる了右衛門(りょうえもん)という者が、南吉の住んでいた店の近所におります。南吉のことは了右衛門にお訊ねになったほうが、おらよりも詳しい話が聞けますので、了右衛門の店をお教えいたしましょう。了右衛門は南吉と同じ五人組ではありませんが、少々わけがあって、南吉のことをずい分気にかけていた者です」

茶屋の亭主は市兵衛とともに往来に出て、きた道を戻る方角へ指差した。

「あそこに、大きな蔵の屋根が見えますな。村のただ一軒の酒屋です。あの蔵の角を左に折れて往来を道なりにいきますと、店の途ぎれる小松山の麓(ふもと)に七軒家が固まっておるところに出ます。その七軒家のこちらから三軒目が了右衛門の店です。わからなければ、そこら辺で聞けば、すぐにわかります」

「南吉さんの空き家同然の店は、どういけば……」

それは、と亭主は往来をふりかえり、利根川のほうを指差した。

南吉の店は、波除堤に近い村の東はずれの、椎の木や楢の林の間に数軒の茅葺屋根が見える中の一軒だった。

表戸に閉てた板戸の一枚が、歪んではずれかかっていた。

縁側の板戸も閉ててあったが、ここの一枚ははずれて落葉の散った地面に落ち、部屋の破れ障子や土埃で汚れ、擦りきれた畳が薄暗い中にのぞけた。

土壁はひびが入って所どころが崩れかけ、長い間葺きなおしていない茅葺屋根は、色褪せて干からび、そこにも落葉が芥のように降りかかっていた。

前庭の畑は、抛ったらかしの畝に生えた雑草までが枯れ果てていた。

住人のいない店が朽ちかけているのは、一目瞭然だった。

又造は南吉を訪ねてきて、吃驚したのに違いない。

市兵衛は、南吉の店をしばし見廻してから踵をかえした。

周辺の百姓家は、南吉と同じ五人組の店と思われたが、まずは茶屋の亭主に教えられた了右衛門を訪ねることにした。

了右衛門の店は、すぐにわかった。

小高い丘陵地の小松山を背にして、百姓家が茅葺屋根を並べていた。どの百姓家も門や塀などはなく、前庭に菊菜か何かの菜畑が畝を並べていた。ただ、南吉の空き家があった数軒より、店も大きく前庭も広かった。

「ごめん……」

市兵衛は庇下の腰高障子を引き、薄暗く広い内庭へ呼びかけた。

内庭の壁ぎわには、桶や臼、俵やそのほか百姓道具が並び、中仕切の縦格子の木戸が内庭の奥に閉ててあった。

内庭の前座敷側の障子戸も閉じられて、戸内は寂としていた。

もう一度呼びかけようとしたとき、中仕切の格子戸が引かれ、女が初めに顔を出した。束ね髪を背中へ長く垂らした、年若い女だった。ぱっちりと見開いた目を、内庭の薄暗い土間ごしに市兵衛へ寄こし、「はい」と言った。

市兵衛は女へ辞儀をした。

「こちらは、青山村の了右衛門さんの店とうかがい、お訪ねいたしました。わたくしは唐木市兵衛と申します。江戸から参りました。了右衛門さんにお取次をお頼みいたします」

「江戸の、唐木市兵衛さま……」

女は、菅笠に紺黒の半合羽、二刀を帯びた侍風体に当惑していた。細身に着けた藍緑色の着物に前垂れをかけた姿が、女の色香を初々しく引きたてている。

「了右衛門さんは、おられますか」

市兵衛が言い、

「叔父はおります。どんなご用でしょうか」

と、女は訝しげに訊ねた。

「青山村の南吉さんをお訪ねする用があって、江戸よりまかりこしましたが、南吉さんは今、青山村にはお住いではなく、こちらの了右衛門さんが、南吉さんが青山村にお住いではない事情を詳しくご存じと、表通りの茶屋にて聞きおよび、お訪ねした次第です。何とぞ、了右衛門さんにお取次を頼みます」

女は凝っと市兵衛を見つめ、中仕切の戸口に佇んで動かなかった。

「唐木さまは、南吉さんとどのようなご縁の方なのですか」

「じつは、南吉さんとの縁というのではありません」

言いかけたとき、土間の奥で低い声がかかった。

「おこと、南吉がどうした」

おことと呼ばれた女の後ろから、身丈の短い綿入の筒袖を細紐で締め、股引を着けた男が中仕切の戸口に出てきて、不機嫌そうな顔つきで市兵衛を睨んだ。

おことが叔父と言った、了右衛門に違いなかった。

月代が薄くのび、無精髭に白いものが混じった年配になりかけの男だった。

「叔父さんに、南吉さんの事情を訊きたいって」

おことは、了右衛門へ見かえった。

了右衛門は中仕切の敷居をまたいで、内庭の途中まできて不機嫌そうな顔つきのまま言った。

「お侍さま、了右衛門でございます。南吉の事情をお訊ねでございますか」

「唐木市兵衛と申します。南吉さんの事情にお詳しいと、表通りの茶屋の方にうかがいました」

「おら、南吉の事情なんぞ何も知らねえし、知りたくもございません。南吉みてえな馬鹿たれは、おらの家の者とは一切かかり合いはねえんでございます。ですから、何もおこたえできることはございません。南吉の名前を口にするのも、聞くのもご免こうむりてえんでございます」

「そうなのですか。しかし、わたくしが南吉さんをお訪ねいたしますのは……」

市兵衛は、南吉のまた従弟である又造という江戸の者に用があって、南吉を訪ねてきた事情を伝えた。

「又造は大晦の早朝に江戸を出立いたしており、とうに南吉さんを訪ねてきているはずなのです」

「そんなことなら、おらでなくとも、そこら辺で南吉のことを聞いて廻ればみな知っております。あんな者は、どうせ野良犬みてえにぶらぶらしているだけですから。青山村でなくとも、柴崎村へお戻りになって訊ねれば、必ずわかります。それだけでございます。あんな者のことは、これ以上聞きたくも話したくもございませんので、お引きとり願います」

了右衛門の頑(かたく)なな応対に、南吉への強い不快が感じられた。昨夜の三人のひそひそ話が、市兵衛の脳裡をまたよぎった。南吉とはどういう男だ、何をしたのだと、市兵衛は不審を覚えた。

「そうですか。いたし方ありません。では、これにて」

市兵衛は頭(こうべ)を垂れ、踵をかえしかけた。すると、

「叔父さん、あたしが」

と、おことが中仕切から内庭へ踏み出した。それを、了右衛門が叱(しか)りつけた。

「おめえは引っこんでろ」

「だって……」

おことは眉をひそめ、二の足を踏んだ。

市兵衛には、おことの様子が意外だった。なぜか、悲しそうな目で市兵衛を見つめたからだ。しかし、おことは凝っとしていなかった。

「やっぱり、あたしがいく」

おことは言って、了右衛門の傍らを擦り抜け、素早く市兵衛の前へ走り出た。そして、菜畑の間を小走りに走っていった。

「おことっ、いい加減にしろ」

了右衛門は表戸から追いかけて怒鳴ったが、おことはふり向きもしなかった。

おことは、宿場の往来へは戻らず、小松山の林間の獣道（けものみち）のようなくねくねと通る細道を、慣れた歩みで上っていった。

前垂れと着衣の前身頃をぎゅっとつかみ、脛（すね）が見えるほど裾短にたくしあげ、白い素足に履いた擦りきれかけた藁（わら）草履をたくましく踏み締めた。

松林の間を抜け、やがて、段々になった麦畑の畝が綺麗な縞（しま）模様にそろった間の畦道（あぜみち）をとった。どの麦畑も、新緑の新芽が芽吹いている。

畦道に出ると、おことは小走りをゆるやかな歩みに変えていた。

市兵衛の三間（約五・四メートル）ほど先を、まるで市兵衛が後ろにいることを知らぬかのように歩んでいた。藍緑色の上衣の背中に垂らした長い束ね髪が、赤い細帯を引き締めたあたりで小さくゆれていた。

畦道は麦畑の間をくねって、左手に松や樫（かし）や檜（ひのき）、榊（さかき）や楓（かえで）、楢などの落葉樹や常磐木（ときわぎ）が蔽（おお）う山肌が迫り、右手は青山村の人家と利根川の河原のほうまでがはるばると見わたせ、北の地平には筑波山の青い山嶺（さんれい）も晴れた空に鮮やかだった。

「おことさんは、南吉さんをよくご存じなのですね」

市兵衛は、おことの背中に話しかけた。

「南吉さんは五つ年上でした。年が違うので、一緒に遊んだ覚えは、ありありません。でも南吉さんは幼馴染（おさななじ）みです。ずっと」

おことは背中を向けたまま言ったが、ずっと、のあとを続けなかった。

「南吉さんはなぜ、青山村を出たのですか。南吉さんがいなくなって、田んぼや畑はどうなっているのですか」

谷間の一画に隠れた小さな麦畑の畦道を、おことは歩いていく。葉を落とした一本の柿（かき）の木が、畦道の傍らにひっそりと枝を伸ばしていた。

おことは柿の木のそばで歩みを止め、谷間の小さな麦畑を見て言った。

「この畑は、あたしが耕していいます。この畑のほかにも、田んぼや畑が少しはあって、おっ母さんがひとりで守っていたけど、少しずつ手離して、今残っているのはこの畑だけです。九年前、おっ母さんが流行風邪で亡くなったとき、あたしは十三歳でした。あたしは独りぼっちになって、独りでは生きていけなくて、叔父さんの家に引きとられたんです」

「お父っつあんは……」

市兵衛は、つい引きこまれて訊いた。

「お父っつあんのことは、何も覚えていません。あたしが這い這いをするようになったときには、もういなかったんです。あたしが物心ついたころは、まだ爺ちゃんと婆ちゃんがいて、少しはあった田んぼや畑を耕していました。でも、爺ちゃんも、それから婆ちゃんも、おっ母さんが最期まで看とりました。おっ母さんはあたしが……」

おことは市兵衛へ向いた。そして、

「南吉さんも、あたしと同じなんです」

と、強い口調で言った。

「おっ母さんが流行風邪で亡くなった二年後の秋、利根川が氾濫して、流作場の葭原畑で働いていた村の人たちが、大勢災難に遭って亡くなったんです。そのとき、南吉さんのお父っつあんと南吉さんも葭原畑で働いていて、南吉さんは助かったけれど、お父っつあんの姿が途中で見えなくなったって……」

「南吉さんのお父っつあんの従弟が又造の父親で、又造は南吉さんのまた従弟です。七年前、南吉さんのお父っつあんの墓参りに、又造は父親と一緒にこの村を訪ねています」

おことは、ぽつんと頷いた。

「江戸から、親類の人たちが南吉さんを訪ねてきたのは覚えています。たぶん、又造さんは会えば、今でもわかると思います。でも、この正月に又造さんが南吉さんを訪ねてきたかどうか、あたしも知りません。南吉さんは、今はもうこの村にいませんから」

「柴崎村の牛次郎という貸元の店に、居ついていると聞きました。なぜ、南吉さんは青山村を出たのですか。田畑を捨てて……」

「お父っつあんが亡くなってから、南吉さんは独りで田んぼや畑を守っていたけれど、運が悪く、稲が病気にかかって収穫ができなかったり、畑が虫にやられたりして、上手くいかなかったんです。親類はいても、みんな小さな田んぼや畑を耕して自分の暮らしを守ることで精一杯ですから、頼りにはできなくて、南吉さんは村の名主さんに元手を借りて、年々利息を払いながら借金をかえしていくことにしました。けれどそのあと、寒い夏が二年続いて、思うような収穫ができなくて、借金の返済どころか、利息さえちゃんと払えず、借金が逆に増えてしまったんです。南吉さんは、田んぼを手離さざるを得ないところまで追いこまれました。ご先祖さまから受け継いだ田んぼなのに、それを手離してどんなにか悔しかったでしょうね。あのとき、南吉さんは泣いていました。あたしとおっ母さんの暮らしも似たようなものでした。南吉さんの悔しさが身に染みてわかります」

　おことは身体をゆらし、深い呼吸をした。

「それでも南吉さんは、いつかはご先祖さまの田んぼを買い戻そうと、小作で我慢していたんです。でも、どうにもならなかったんです。どうにも……南吉さんが、柴崎村の牛次郎という貸元の賭場に入り浸るようになって、もう一年半になります。南吉さんの住んでいた店は空き家同然にほったらかしたままです。名主さまが怒って、こんなことをして無宿に落ちる気か、南吉さんの存念を確かめてこいと、五人組や親類に言いにいかせました。だけど、南吉さんは残ったわずかな畑を親類に譲るので好きにしていいと言うばかりで、村に戻ってはきませんでした。南吉さんは、汗水たらし、身を粉にして田畑を耕し、収穫を歓び、ご先祖さまを敬って生きる百姓の暮らしに、望みを失ったんです。自分に嫌気が差したんです。まだ若いのに……」

「おことさんはそれを、南吉さんから聞いたのですか」

おことは、市兵衛から目をそらした。そして、

「唐木さま、南吉さんは柴崎村の賭場にいるかもしれません。きっと、又造さんも一緒だと思います。途中までだけど、あたしもいきます」

おことは市兵衛に再び背を向け、柿の木のそばを離れた。

市兵衛はそのとき、畦道をいくおことの後ろ姿が、ほんのわずかながら、やわらかな丸みをおびているように感じられた。

咄嗟(とっさ)に、そうだったのか、と市兵衛は察した。叔父の了右衛門が、南吉に怒りを露(あら)わにしていた理由が、わかったような気がした。

おことにかける言葉が見つからなかった。

山裾の畑地から、朝に通った青山村の峠の坂道に出た。

おことが峠へと坂道を上っていき、市兵衛はおことのあとを追った。

峠を越えて坂道を柴崎村のほうへ一度下り、それから林間の道を上ると、柴崎村の集落はもうすぐ近くだった。

おことはそこで歩みを止め、市兵衛へ見かえった。

「おことさんは、ここまでですか」

市兵衛は菅笠をあげ、柴崎村のほうを見てやっと言った。

「はい」

おことが柴崎村の集落のほうを指差した。

「あそこの、一番高い榧の木が見えるところです。あれは東願寺さまの境内(けいだい)の榧の木です。あの東願寺さまの僧房で、牛次郎さんが貸元になって毎日賭場が開かれています。境内へは裏戸から入って、寺男に訊けば教えてくれるそうです」

朝、街道をくるときに見た、街道沿いの集落の、茅葺屋根より高い寺院らしき瓦屋根や、その屋根よりもさらに高く空に枝を広げた榧の木だった。

「南吉さんは、東願寺さまの賭場に入り浸っていました。博奕(ばくち)で負けて、牛次郎さんに借金ができて、今はもう、牛次郎さんの手下も同然の暮らしなんです。叔父さんは、あんなやくざ者と、南吉さんを罵(ののし)っています。でも、南吉さんはそんなふうにしか、生きられなかったんです」

「では、南吉さんは青山村の住人ではなく、帳外になっているのですか」

「たぶんそれはまだだと、叔父さんから聞いています。でも、今にそうなるって言っています。そうなったら、南吉さんは無宿者だって。何もかも、南吉自身の所為だって。でも、あたしは、そうは思わない……」

「名主さんは、南吉さんを放ったままにしているのですか」

「はい。今は……牛次郎さんは賭場の貸元だけれど、手下を何人も抱え、我孫子宿の宿役人さんや、陣屋のお役人さまにも顔が利いて、怒らせるととても恐い親分さんと、ここら辺では言われています。名主さまは、牛次郎さんの手下も同然の南吉さんのことで、牛次郎さんともめ事を起こしたくないんです。ですから、南吉さんのことには触れないようにしているんです。ずっとこのままでは、済まないけれど」

「おことさん、南吉さんに伝えることはありますか」

すると、おことは市兵衛を見つめ、短い間をおいた。そして言った。

「南吉さんに伝えることは、何もありません。あたしからは何も……」

おことは、青山村のほうへ戻っていった。

三

東願寺の寺男に訊き、賭場の開かれている僧房へ裏庭から廻った。

境内の葉を落とした木々の間で、鳥の囀り(さえず)が聞こえる。

僧房の下に立つと、賭場の騒(ざわ)めきと駒札がからからと鳴る音が聞こえた。すぐに騒めきが静まり、

「よろしいですか。入りやす」

と、中盆(なかぼん)が言った。

壺笊(つぼざる)が盆蓙(ぼんござ)に、ばらばらぽん、と音をたてた。

「張った張った……」

途端、半(はん)、半、丁(ちょう)……などと声が乱れた。

「丁ないか丁ないか……」

中盆の張りのある声が丁方に張り増しを促している。

丁、丁、と張子の声が、ひとつ、二つ、続いた。

「丁半そろいました。勝負」

束の間の沈黙をおいた。

「三ぞろの丁」

ため息混じりの騒めきが、またあがった。

駒札を集める音が、からからと続いた。

まだ昼前の刻限でも、広い境内の裏庭には、鳥の囀りしかなかった。

市兵衛は鳥の囀りの中に佇み、僧房の廻廊に人が出てくるのを待った。

折りよく、縞の半纏に帷子(かたびら)を着流しただけの若い衆が、廻廊に姿を見せた。若い衆は板廊下に跣(はだし)をぺたぺたと鳴らしていきながら、裏庭に佇んだ菅笠に半合羽の侍風体を認め、「おっ」と意外そうに声をあげた。

市兵衛は、若い衆へ頭を垂れた。

「お侍さん、履物は持ってどうぞ中へ。代貸がおりやすんで、荷物やら腰の物を預けて、銭を駒札に換えてくだせえ」

若い衆は、旅拵(たびごしらえ)の侍風体をねめ廻して言った。

「賭場の客ではありません。青山村の南吉さんに用があって、江戸からきた者です。南吉さんは、こちらの賭場によく出入りなさっていると聞きました。南吉さんがおりましたら、呼んでいただきたいのです」

「南吉？　お侍さんはどちらさんで」

若い衆は眉をひそめて市兵衛を見つめた。

「唐木市兵衛と申します。南吉さんは、おりますか」

「南吉は、こちらにはおりません。けど、南吉に用があって、江戸からきたんですね。少々お待ちくだせえ。代貸に訊いて参えりやす」

若い衆は踵をかえし、少し戸惑った様子で僧房へ引きかえした。

南吉に会わないと、又造にも会えない。思っていた以上に、手間がかかりそうだった。

「四三の半」

ああ……

中盆の声に、張子の騒めきが重なった。

そこへ、代貸と思われる中年の男が、二人の若い衆を従えて廻廊の板廊下に出てきた。代貸は中背だが、貫禄があった。細縞を着流した幅の広い肩をゆらしつつ板廊下を鳴らし、眉間（みけん）に皺を刻んだ浅黒い顔を、市兵衛に凝っと寄こした。

二人の若い衆も、市兵衛を見つめる顔つきは冷ややかだった。

若い衆のひとりは初めの男で、代貸に後ろからささやきかけた。

代貸は市兵衛を見つめながら、若い衆に頷いた。

「おめえさん、南吉にどんな用なんだい」

市兵衛は菅笠をとり、代貸に辞儀をした。

「唐木市兵衛と申します。南吉さんにではなく、この正月、南吉さんを訪ねてい
る縁者がおり、その者に会う用があって、南吉さんを探しております。青山村
で、南吉さんはこちらではないか、とうかがいました」

「おめえさん、どこのご家中で？」

「主を持たぬ浪人者です」

「なんでい。二本差しでも、ただの素浪人かい。どこの誰かと思ったぜ」

と、若い衆へ向いて口元をゆるめた。素浪人ごとき、どこの誰でもねえじゃね
えか、という素ぶりが露骨だった。

「で、正月に南吉を訪ねてきた縁者ってえのも、やっぱり素浪人かい」

代貸は口元をゆるめたまま言った。

「若い扇職人です。又造という者です。又造は南吉さんのまた従弟(いとこ)です」

「扇職人？　南吉にそんな縁者がいたのかい。おめえら、又造というまた従弟が
南吉を訪ねてきているのを知ってるかい」

と、また若い衆へ向いた。

「さあ、いたかもしれやせんが、あっしは知りやせん」

「あっしもです」

二人は素っ気なく言った。

「知らねえならしょうがねえな。おめえさん、まだ正月七日の目出てえ日に江戸からわざわざ、又造に会いにきた用ってえのはなんだい」

「ひとつには、又造の親方に、弟子の又造に会ってわたしてほしいと頼まれた物を、わたしにきました」

「何をわたしにきた」

代貸に訊かれ、市兵衛は頰笑(ほほえ)んだ。

「頼まれた物です。わたしの口から申すのははばかりますので、又造本人にお訊ねください」

「素浪人がすかしたことをぬかしやがる。笑わせるぜ。まあ、どうせ大した用じゃねえだろう。南吉は年が明けてから、ここにはきてねえ。だから、又造が南吉を訪ねてきたかきてねえか、ここじゃあわからねえ。けど、おめえさん、せっかく江戸から訪ねてきなすったんだ。親分に会って、南吉が今どこにいるか、直(じか)に訊いてみるといい。南吉の居どころがわかれば、又造も一緒なんだろう。若い衆に案内させるぜ。おい、素浪人さんを案内してさしあげな」

「へい。承知しやした」

初めに出てきた若い衆が言った。

「柴崎村の、牛次郎親分さんですね」

「そうよ。それが」

「畏れ入ります」

「別に畏れ入ることはねえや。言っとくが、親分が南吉の居どころをご存じかどうか、そいつはわからねえぜ。南吉は、親分の身内みてえなもんだが、子分ってわけでもねえ。親分の世話になってぶらぶらしている、まあ、居候みてえなもんだ。それだけだ。いくぜ」

代貸は若い衆と僧房の賭場へ戻っていった。

「素浪人さん、門の外でお待ちくだせえ。すぐいきやすんで」

と、案内の若い衆は、僧房の奥へ廻廊の板廊下をぺたぺたと鳴らした。

柴崎神社の森を抜けて水戸街道を越え、街道からひと筋はずれた往来に面して、腰高障子を閉て廻した馬宿があった。

馬宿は、荷馬の駄賃稼ぎを生業にする馬方らの宿である。

街道筋ではあっても、宿場でもない村にしては大きな馬宿だった。馬宿の裏手は人家が途ぎれ、柴崎村の田んぼや畑が、東方の木々に蔽われた山裾のほうまで広がっていた。

南のほうには、丘陵の坂を上っていく水戸街道が見えた。

馬宿の土間には馬を預かる馬屋があって、宿の二階が馬方の宿泊する部屋になっていた、
貸元の牛次郎の内証や手下らが寝起きする住居は一階で、市兵衛が通された十畳ほどの内証にまで、馬の鼻息が聞こえ馬屋の臭いが流れてきた。

まだ初春にもかかわらず、一匹の蠅が庭側の障子戸で羽音をたてていた。

牛次郎は、神棚を祀った下の桐の長火鉢に、銀鼠の着流しの裾が割れて、朱色の下着が派手な裾模様に見える片膝を立てた恰好で胡坐をかき、煙管を気持ちよさそうに吹かしていた。

長身ではあったが、華奢なと思えるほどの痩軀で、色白の細面に薄い眉にひと重の空虚な目を、端座した市兵衛に凝っと向けていた。そうして、高い鼻の下

の赤い唇を生き物のように歪めて笑いかけたが、目は笑っていなかった。

歳は三十代半ばより、だいぶ若く見えた。

「唐木市兵衛、さんですね。ようこそ。わざわざ、江戸からお越しになったとかで、お疲れさまでござんす。あっしが牛次郎でござんす。お見知りおきを」

色子のような、わざとらしいにやけた口ぶりを寄こしながら、声には張りがあり、肩幅も広かった。

「唐木市兵衛です。主を持たぬ素浪人です」

「はは……素浪人などとご謙遜を」

牛次郎は甲高い声で笑い、煙管を指先でくるくると廻した。

市兵衛と牛次郎が対座した左右両側に、手下が二人ずつ向かって着座し、市兵衛を眉ひとつ動かさず見つめている。市兵衛の右手後方の部屋の隅に、月代を眉にかかるほどのばした大男が、胡坐をかいて置物のように凝っとしていた。

大男、というよりむしろ巨漢のこの男は、分厚い首の下に肩の肉がもりあがり、膝下まで届きそうな長太い腕を、無意味にぶらぶらさせていた。そうして、壁のような背中を向けて、市兵衛をこの部屋まで案内したのだった。

「南吉のまた従弟の、扇職人の又造とやらをお訊ねとうかがいやした。又造と唐木さんのゆかりは、どのような？」

「又造の扇職人の親方に頼まれ、又造に会って江戸を出た真意を確かめ、そのうえでわたす物を頼まれました」

「江戸を出た真意？　又造は若い職人なんですね」

「この春、二十一歳になりました」

「二十一歳は若いですね。親方が厳しくて、職人の修業がいやになって、逃げ出したんですかね。親方は逃げ出した職人に何をわたしてほしいと、唐木さんに託けたんですか」

「旅の路銀と思われます。江戸には戻らず、南吉さんのところから旅に出る気ならわたしてほしいと、頼まれました」

「おや。職人の親方が、修業が嫌で逃げ出した弟子に旅の路銀を？　親方がそこまでするんですか」

「親方は職人の父親なのです」

「ああ、父親でしたか。家出した倅を思う、親心でござんすね」

ははは、と牛次郎はまた笑い声を甲走らせた。

「放っておけと、家の者には言っていたようですが、内心では、倅の行末が気がかりで、放っておけないのです」

「親心は、いかほどでござんす。なんてね、野暮なことを訊ねはしやせんが、南吉は去年の年の瀬に、ここをふらっと出てから、戻ってきていねえんですよ。普段はうちでごろごろしてただ飯を食ってるくせに、年始の挨拶もしやしねえ。仕つけが悪いったらありゃしねえ。ですから、又造が南吉を訪ねてきたかきてねえか、あっしも知らねえんです。おめえたちは、知らねえかい。南吉に又造という若い職人のまた従弟が、この正月に訪ねてきたかどうか。江戸から南吉を訪ねて人がきたと、そんな話を小耳に挟んだことはないかい」

牛次郎は、左右両側に居並んだ四人に向けた。

四人は首をひねったり、互いに見合って薄笑いを交わしたりして、「知らねえよな」「聞いたこともありやせん」などと口々に言った。

「沼次(ぬまじ)、おめえはどうだい。おめえは案外南吉と馬が合って、酒なんかも二人で呑んで騒いでたんじゃなかったかい」

市兵衛の左後ろの巨漢の沼次は、無表情を空へ泳がせ、

「知らねえ」

と、ぞんざいにこたえた。

「唐木さん、どうもお役にたてなかったようで……」

　牛次郎は煙管に刻みをつめ、長火鉢の炭火で火をつけた。赤い唇に咥えた煙管を吹かし、火鉢の縁に雁首をあて、吸い殻を灰の中へ落とした。そして、刻みをまた火皿につめながら、

「これから、どうなさいやすか。南吉のまた従弟の職人を、あてもなく探すか、諦めて江戸に帰るか」

　と言って、また気持ちよさそうに一服した。

「牛次郎さん、少しお聞きしてもかまいませんか」

　市兵衛は話を変えた。

「どうぞ」

　牛次郎は市兵衛へねっとりした目つきを投げ、片膝をたてた膝頭に肘をつき、その指先につまんだ煙管を弄んだ。

「青山村の南吉は、牛次郎さんの賭場でできた借金がかえせず、牛次郎さんの手下になって、一年半も村へは帰っていないと聞きました。このままだと南吉は遠からず帳外になり、二度と青山村には帰ることができなくなると、言われているようです。南吉は無宿として、旅から旅の渡世を送ることになります。牛次郎さ

んは、無宿人の南吉を身内の者として、抱えておくおつもりですか」

「さあ、どうなりやすか。南吉が青山村を帳外になったら、相馬郡のここら辺には、もういられなくなるでしょうね。まあ、杯事を交わしてあっしの身内にしてやれば、いられなくはねえとも限りやせんが、どうなるんでござんしょうか。おまえたちはどうだい。南吉はうちの身内になれる見こみのあるやつかい」

手下らは誰も何もこたえず、むっつりとしていた。

牛次郎は、くすくすとひとり笑いをした。

「唐木さん、賭場はお上の御禁制なんです。けど、あっしは御禁制の賭場の貸元でござんす。なのに、お上はあっしを咎めねえ。賭場を開いているのは、あっしだけじゃねえ。ここら辺の賭場は、あっしは全部知っておりやすが、どちらの貸元も、あっし同様お咎めなしですよ。なぜでしょうか。それはね、お金持ちも貧乏人も、老いも若きも、村人も町家の住人も、賭場で息抜きがしたいからですよ。賭場だけじゃありやせんよ。宿場の女郎衆だって、旅籠一軒に二人かそれぐらいとお上が定めても、こっそりと、五人六人、多い処では十人以上も女を抱えてる旅籠だって、あっしは知っておりやす。酒だって、この村では酒造りに廻す米は何石までと決められていても、こっそり、それ以上の米が酒造りに廻されているのは、あっしだけじゃなく、みな知っておりやす。みな知ってるんですから、お上だって、村役人さんだって、宿役人だって知らないわけがねえじゃございませんか。でもみな、見て見ぬふりをするんです。みな、女郎衆と戯れたいし、呑んで酔っていい気持ちになりてえ。そうじゃござんせんか、唐木さん」

牛次郎はけたたましい笑い声をまき散らした。

「南吉は、身を粉にしてどんなに働いても貧乏な百姓暮らしが、つらくて苦しくて悔しくて、我慢できなかったんですよ。東願寺の賭場にその憂さを晴らしにきて、貸元のあっしに借金をしたんですがね。南吉みてえなぼんやり者の百姓に、賭場で勝てるわけがねえ。あっしは、南吉が父親との二人暮らしだったのが、七年前、災難で父親を亡くし、たったひとりで小百姓の田畑を耕しているとわかっておりやした。親類はいても、みな同じ貧乏な小百姓。母親もどうせ、貧乏暮らしが嫌で、亭主も倅も捨ててどっかへ逃げちまったに違いねえんです。けどね、そんな小百姓でも、田畑さえありゃあいいから貸しておやりと、代貸に言ったんです。そしたら、あとになって、南吉の田畑は、殆どが名主さんにとられて、猫の額ほどの畑が残っているばかりの水呑百姓だったって、わかったじゃござんせんか。あっしらやくざが小百姓からむしりとってやろうと狙っていたところが、村のお歴々がとっくにむしりとっていたわけです。あっしらがそんなことをしたら、追剝強盗の仕業みてえに罵られやすが、お歴々が同じことをしても、南吉の落度だ、てめえの所為だと、まるでとんちきで間抜けみてえに言われるんです。そりゃあ、百姓仕事なんかやってられませんよ。何もかも押っ放り出して、賭場に入り浸って、てめえの命がいくつあっても足りねえくれえの借金まみれになっちまうんです」

牛次郎は煙管を弄び、にやけた素ぶりを市兵衛に向けている。

市兵衛はただ、沈黙をかえした。

「だけど唐木さん、南吉があっしに、てめえの命がいくつあっても足りねえくれえの借金を負ったからって、腹いせに簀巻きにして利根川に沈めても、なんの得にもなりやせん。そうでござんしょう。あっしは青山村から我孫子宿までのここら辺を縄張りにする貸元なんですがね。じつは、それぱかりじゃねえんでございやす。我孫子宿の問屋場の宿役人さんから、我孫子宿と青山村の渡船場まで、継立の荷馬と馬方の差配を請け負っておりやす。これでも、問屋衆のお役目をお支え申している身なんでござんす。ですからこの通り……」

と、牛次郎は煙管を天井へ差した。

「少しでもお役人衆のお役にたてるよう、この村で馬宿を営んでおりやす。ただのいかがわしい博徒風情と、見くびっちゃあいけやせんぜ」

「我孫子宿の鈴松という旅籠に、昨夜は宿をとりました。そちらで、柴崎村の牛次郎親分のお身内の方々と相宿になりました。仕事柄、我孫子宿の問屋場にこられる機会が多く、よくお泊りいただいていると、宿の亭主に聞きました」

「おっと、そうでござんしたか。あいつらもあっしの身内の者でござんす。行儀よくしておりやしたか」

「ひと晩中、花骨牌に興じておられました」

　あはは……

　牛次郎は、甲高い笑い声をまいて続けた。

「とまあそういうわけで、宿役人さんの大事な御用を請けている身が、南吉ごとき小百姓を腹いせに簀巻きにして利根川に沈めるなどと、打首獄門になりかねねえ、そんな無頼漢みてえな真似はできやせん。仕方がねえから、利根川に沈めるよりは下働きにこき使って、例え雀の涙ほどでも元をとり戻す足しにと思いやしたが、ただ飯ばかり喰らいやがって、元の足しどころじゃござんせん。ねえ、おめえたち、そうだよね。とんだ荷物を背負っちまったよね」

「へい」

と、四人が声をそろえた。

「世間じゃあ、南吉が青山村を捨てて柴崎村の牛次郎の手下になった、やくざの三下になった、と眉をひそめてそしりやす。でも、実事はそうじゃござんせん。実事は南吉の野郎が野良犬みてえに転がりこんできて、ただ飯が食えて居心地がいいもんだから居ついちまった、それだけなんですよ。南吉がうちに居ついちまって、かれこれ一年半。青山村の空き家のままほったらかしの店が、あばら家同然になって、名主さんが帳外にして無宿にするぞ、お上のお咎めを受けるぞ、と脅(おど)しているようでやすが、南吉は親類やら五人組に諭(さと)されても、言うことなんか聞きゃあしませんよ。世間はそこの事情も知らず、柴崎村の牛次郎が南吉を誑(たぶら)かしたみてえに噂をたてやす。南吉があっしの借金を綺麗さっぱりと済ませたらいいだけの話なのに、あっしの所為にされちまって、迷惑な噂ですよ」

牛次郎は煙管に刻みをつめ、気持ちよさそうに吹かした。それから、長火鉢の縁に煙管を、かん、と打ちあて、灰を落として言った。

「けど、決めやした。唐木さんとお会いしたこれを潮に、南吉の借金は貧乏神に取り憑(つ)かれたと諦めて、野郎をお払い箱にしてやりやす。あんなとんちきに借金を踏み倒されるのは癪(しゃく)でござんすが、野郎がひょっこり戻ってきたら、元々、杯事を交わした親分子分じゃねえ、借金はもう棒引きにしてやるから、とっととどこへでも失(う)せやがれと、追い出してやります。そのとき、又造が一緒だったら、江戸から唐木さんが訪ねてきなすって、おめえに会いたがっていなさるよと、お伝えいたしやす。いいかい。おめえらも南吉を見かけたら、首に縄をつけてでもあっしのところへ連れてきな。てめえは青山村の貧乏百姓がお似合いだと、言ってやるんだから。沼次、おめえもわかったね」

四人はむっつりと頷き、隅の沼次の低くくぐもったうなり声がかえった。

牛次郎はまた、けたたましい笑い声を甲走らせた。

すると、障子戸に止まっていた黒い粒のような蝿が、かすかな羽音をたて、ふらふらと部屋の中を飛び廻り始めた。

四

市兵衛は、青山村の東はずれの田んぼ道をいき、椎や樒の木々の間に数軒が並ぶ一画に再び立った。朝きたときは東の空にあった日が、今はもう西の空へだいぶ傾いていた。

西の空を、烏が鳴き渡っていった。

その中で、南吉の空き家は、傷み具合のひどさが目だった。

一軒の前庭に畑が畝を並べ、畝に成る菊菜らしい青い葉が見えた。地味な蒲色を着流した男が、竹箒で枯葉を掃き集めていた。畑の菊菜にも男にも、西日が降っている。

市兵衛は、菜畑の男に近づいていった。

男は市兵衛に気づき、竹箒の手を止めた。

「卒爾ながら、南吉さんの五人組の方とお見受けいたしました。こちらの南吉さんを訪ねて江戸から参った唐木市兵衛と申します」

市兵衛は、二軒をおいた南吉の空き家のほうへ手をかざした。

男は白髪混じりの無精髭を生やし、薄くのびた月代や髷にも白いものが目についた。菅笠に半合羽、ふり分け荷物に両刀を帯びた市兵衛の旅姿をしばし見つめ、「へい」と物憂げに言った。

「今朝、青山村にきてから、村の方に南吉さんのお住いを訊ね、こちらと教えていただいたのですが、南吉さんは、もうかれこれ一年半ほど青山村に戻っておらず、こちらの住いはあばら家同然に傷んでいると聞きました。南吉さんの事情に詳しい了右衛門さんとおことさんを訪ね、そのあと、柴崎村の牛次郎さんを訪ねましたが、南吉さんの行方が知れません。南吉さんを捜しております。五人組の方に少々お訊ねいたします。よろしいですか」

探るように市兵衛を見つめていた男が、やがて、

「今朝、南吉の店を見にきていたお侍さんですね。南吉に、なんの用なのかなと思っておりました」

と、重たい口を開いた。

「さようです。今朝こちらへきて、店の傷みのひどさに驚きました。それから、了右衛門さんの店を訪ね、柴崎村へいって……」

「柴崎村の牛次郎は、我孫子宿の問屋場から、青山村の渡船場と我孫子の継立を任されている請人ですが、本性はここら辺を縄張りにする賭場の貸元です。南吉は、牛次郎の賭場で作った借金がかえせず、手下になったと、聞いております。南吉は田んぼも畑もほったらかしにして、何日も戻ってこねえ日が続いておりました。それでも初めの二、三ヵ月は十日か半月ぐらいに一度は、店や田畑の様子を見にきておりました。けど、今は田畑も店も打っちゃらかして、南吉は百姓の性根を

失くしちまったんです。もう百姓に戻る気はねえんでしょうね。無宿になってかまわねえと、肚を括っているんでしょう」

「南吉さんの田んぼや畑は、どうなっているのですか」

「仕方がねえんで、名主さまのお指図で、おらたち五人組と南吉の親類が手分けして耕しております。と言っても、田んぼは全部、名主さまにとられて南吉は小作ですがね。畑もわずかしか残っていません。代々守ってきた田んぼや畑をとられて小作になった自分を、情けねえ、みっともねえ、もうどうでもいいと思う気持ちは、わからねえではありません。女房や子供でもいれば、こんなことにならなかったんでしょうが、七年前、男手ひとつで育ててくれた父親を災難で失くしてから、運の悪いことが続いて、自分の代に田んぼも畑も手離してしまった負い目に、耐えられなかったんですよ。おらたち小百姓は、一歩踏みはずしたらとりかえしがつかねえ事態になりかねません。ですから、南吉の事情は他人事ではねえんですが」

「男手ひとつで育ててくれたということは、母親は南吉さんの子供のころに亡くなったのですか」

「うん？　うん、まあ……」

竹箒で掃き集めた枯葉が、小山になっていた。

男は不意に市兵衛に背を向け、庇下の表戸のほうへいった。引違いの腰高障子を開けたままにして戸内に入り、ほどなく、小さな炎のゆれる杣木と、ひと抱えの藁束を持って庭に出てきた。そして、

「ちょうどいい。灰を肥料にしますんで」

と、藁束を枯葉の小山に、ばさ、と投げた。

杣木の炎を枯葉へ移し、初めは白い煙を上らせていたのが、炎が見る見る大きくなって、煙が午後の青空へ渦巻いた。木々で囀っていた小鳥の群が、煙に追われるかのように鳴き騒いで飛びたった。

男は炎の傍らにしゃがみ、腰に差した莨入れの鉈豆煙管を出し、刻みをつめて焚火に近づけた。しゃがんだまま、煙管を吹かした。

市兵衛も焚火のそばにしゃがみ、男と向かい合った。

男は、市兵衛のふる舞いが意外そうに笑った。

「お侍さん、おらは田平と申します」

「わかりました。田平さん、それでは南吉さんの母親は、亡くなったのではないのですか」

「亡くなったんでも、離縁したのでもねえ。と言って、こみ入った事情があるわけでもねえ。父親は正助と言いましてね。目鼻だちのきりっと整った、小百姓にしてはいい男でした。ただ、人づき合いが悪いのではねえが、気だてが大人しくて、苦手だったようです。正助の女房のお沢は、取手宿の新町の酌婦でした。おらたちみてえな小百姓でも、若い者が連れだって一張羅を着て遊びにいくのは、川向こうの取手宿の新町なんです。新町は、青山村とは比べ物にならねえ華やかな町で、小百姓のおらたちは滅多にいけなかった。けど、それでも若い時分は、仲間内で新町の話になると、みなで盛りあがったもんです」

田平は銃豆煙管で、北の取手宿のほうを差した。

「滅多にいけないのに、おらたちの間でも、新町に器量よしのお沢という酌婦がいると、お沢の名はちょっと知られておりました。そのお沢が正助に手を引かれて、あの店にきたのは二十七、いや八年前になります」

田平は銃豆煙管を、荒れ果てた二軒先の南吉の店へ向けた。

「新町で器量よしと知られていた酌婦のお沢が、青山村の貧乏な小百姓の女房に納まったんです。正助がお沢をこの集落に連れてくるまでは、噂話が伝わってても信じられなかった。ですから、正助に手を引かれてきたお沢を見たときは、ただの噂話じゃなかった、本途だったんだと吃驚しました。あの正助が、いつの間にどうやってお沢とそんな仲になったのか、今でもわかりません。男と女の仲は不思議なもんだと、思うばかりでね。白粉も紅も塗らねえのに、白い艶々した顔色で、丸髷か銀杏返かよくは知らねえが、そんな髪に白い手拭を吹き流しにつけて、童のようなぱっちりした潤んだ目を伏し目がちに、黄枯茶の小袖に紺染の半幅帯を締めた姿が、この田んぼ道をきたんです。あのときのお沢と正助の二人連れは、今でも忘れはしません。正助はおらよりひとつ年下の二十四歳、お沢は確か、二十歳か二十一歳でした」

「正助さんとお沢さんに、男と女の縁があったのですね」

市兵衛は言ったが、田平はすぐにはこたえなかった。

「次の日から、お沢は亭主と同じ野良着に手甲脚絆を着けて、野良仕事を始めたんです。白粉も紅もつけず、男と女と酒の歓楽の町を捨てて、お沢は土と汗にまみれた百姓女になった。それだけのことですよ」

田平は果敢なげに言った。

「一年がすぎて、南吉が生まれました。そのころはまだ正助の両親もいて、爺ちゃん婆ちゃんに亭主と女房、それに生れたばかりの赤ん坊の、円満な一家に傍からは見えました。野良仕事の合間に、手拭を姉さんかぶりにしたお沢が、田んぼ道の裾で、乳呑児の南吉に乳を含ませているのが見られて、器量よしのお沢は、村の暮らしに、青山村の百姓女にすっかり馴染んでおりました。けど、傍からはそう見えても、傍からではねえ真っすぐに見たら、そうではなかったのかもしれません。南吉は両親ともに顔だちがいいので、可愛い坊主に育っておりました。やんちゃ坊主じゃなかった。母親のお沢にべったりの、甘えん坊の泣き虫坊主でした。正吉の一家に、何かがあった、というのじゃありません。ただ、円満な一家に、五年六年と、何もねえときが流れていったんです」

焚火の赤い炎が、ぱちぱちと小さく爆ぜて、木々に戻った小鳥の囀りが聞こえていた。

「あのころ、強いて言えば、正助の父親が卒中で倒れて亡くなった。そういうことが、ありましたかね。けど、そんなことは誰にでも、どこにでもある定めですよ。人は順番ですから、どうということはなかったはずなんです。そう、あれは、麦穂が出たばかりの、麦畑が風にゆれる夏の初めごろでしたかね。黄枯茶の小袖に紺染の半幅帯を締め、手拭を吹き流しにかぶったお沢がただひとり、夜明け前の麦畑の道を渡船場のほうへ小走りに向かっているのを、見ていた者がおりました。それから、その朝一番の利根川の北へ渡す渡し船に、お沢と連れらしき旅人風体の二人連れが乗っておったそうです。村によくくる行商が、渡し船の二人連れを見かけておりました。お沢と旅人はひと言も交わさず、北の空を凝っと見つめていたけれど、二人は理ない仲に違いないと、行商が言った話が、もう次の日には村中に知れわたっておりました」

　田平は鉈豆煙管に刻みをつめ、炎に近づけた。そうして、煙管を二度続けて吹かし、煙管を掌にぽんぽんとあて、火皿の灰を焚火に落とした。

「というわけで、南吉の母親は、我慢の糸がぷつりときれたみてえに、亭主と倅を捨てて、姿を消したんです。お沢が今もどこかで生きていたら、五十に近い歳のはずです。まあ、生きていようがいまいが、今さらどうでもいいんですがね」

「では、南吉さんは、母親とそれきりなのですか」

　へえ、と田平は物思わしげに頷いた。

「と言って、正助の暮らしが変わるわけじゃあねえ。小百姓でも、百姓は百姓です。土地を耕して生きるしかねえんです。女房に逃げられた男と、陰口をたたかれて笑われても、百姓は田畑とともに生きていくしかねえんです。けど、元々が人づき合いは苦手だった正助が、お沢のことがあってから、五人組の村の用以外は、おらたちとの近所づき合いも、村の親類とのつき合いも、ぷっつりと断ちましてね。人嫌いっていうか、野良仕事で田んぼや畑に出る以外は、ずっとあの店に閉じこもって、話し相手は誰もいなかった。おらも、正助が誰とも口を聞きたくねえんならと、こっちから話しかけるのをはばかりましたんで」

「南吉さんは六つか七つの、童子のころですね」

「七つでした。父親の正助と婆ちゃんの三人暮らしの中で、母親がもう帰ってこねえとわかるまで、それからどれくらいかかったんでしょうね。さすがに、母親べったりの泣き虫坊主ではなかったようですが、あの子も村の子供らと外で活発に遊ぶ姿が見られなくなって、時どきあの店の周りで、ひとり遊んでいるのを見かけることがありましてね。うちにも南吉よりひとつ上の倅がおりますんで、倅に南吉を仲間外れにしているのかと訊いたら、南吉は誘ってもこねえ、あいつは弱虫だから家を離れるのが恐いんだと、言っておりました。それで、南吉の悲しみの深さが察せられて、可哀想でならなかったのを、覚えております」

「田平さん。南吉さんの心を許せる幼馴染みで、大人になってからも親しく交わっている友と言えるような方を、ご存じではありませんか。青山村に、そういう方のお心あたりはありませんか」

　市兵衛は、ゆれる炎ごしに言った。

「心を許せる幼馴染み？　ですから、うちの倅が言ったように、南吉は母親のことがあって、家から離れるのを恐がるようになったんで、そういう幼馴染みはいなかったんじゃあ、ありませんかね。おらは、知らねえな」

「しかし、そんなつらい目に遭った子供だからこそ、村の多くの子供たちの仲間には加われずとも、ひとりか二人、いや、たったひとりの、もしかしてよく似た境遇の、南吉さんの寂しさや悲しみがわかる幼馴染みが、いなかったのでしょうか」

「よく似た境遇というのは、母親のいねえ子供のことで？」

「母親でなくても、もっとも愛おしく思っていた人を失った子供です」

「ふうむ、南吉と同じ年ごろのそういう子供がいたかな……」

　田平は考えこんだ。

「倅が、柴刈りにいってます。もうすぐ戻ってきます。倅ならわかるかもしれねえ。訊いてみましょう」

　西に傾いた日が、木々を透して前庭に降っていた。枯葉と藁束の焚火は消えかかり、薄い煙がゆれていた。

市兵衛と田平は、庭に向いた座敷のあがり端に腰かけた。刀とふり分け荷物、半合羽と菅笠を傍らにおいた。

田平は干芋を盛った笊を、「こんな物しかねぇが」と、市兵衛の傍らにおいた。紺の手拭を姉さんかぶりにした女房が、熱い焙じ茶を運んできた。

「へい。どうぞ」

「畏れ入ります」

香りの高い熱い焙じ茶が、早朝に我孫子宿を発ってから歩き続けて疲れた身体を癒した。

「甘くて美味いですね」

干芋をかじって言うと、田平は打ち解けてやわらいだ笑みを見せた。

田平は、正助一家のそれからの顚末を、ぼそりぼそりと語った。

南吉は十歳をすぎたころから、父親と一緒に田畑に出て、まだ小さな身体で野良仕事を始めていた。何年かがたって婆ちゃんが亡くなり、正助と南吉の暮らしはうんと寂しくなった。

十四、五歳のころ、背が急に延びて正助より高くなった。母親似の童顔に正助の整った目鼻だちを受け継いだ風貌が、村の娘らの間で評判になり始めたのはそのころだった。

　そして、南吉が二十歳のとき、利根川の氾濫で、河原の流作場で働いていた村人の多くが流され亡くなり、正助もその中のひとりだった。

「あのときは、村人の多くが逃げる間もなく、あふれた水に流されました。おらの一家も流作場におりました。名主さまの葭原畑の葭刈りでしてね。おらの一家はどうにか災難をまぬがれ、南吉も助かったが、正助が流された。南吉は、父ちゃん、父ちゃん、と泣き叫んでおりましたが、どうにもならなかった。あの災難で、南吉は一家の者をみんな失くし、ひとりぼっちになっちまったんです」

「七年前の正助さんが災難に遭ったあと、正助さんの従弟の左十郎という江戸の職人が、伜の又造を連れて、正助さんの墓参りに南吉さんを訪ねました。又造は南吉さんのまた従弟です」

　市兵衛は、この正月、又造が再び南吉を訪ねている経緯を話した。

「また従弟の又造さんが、あの空き家を訪ねてきてたんですね。気づかなかったなあ。荒れ果てた店を見て呆れたでしょうね」

　そのとき、背負梯子に柴を堆く積んで手拭を頬被りにした男が、庭に向いた座敷のあがり端に、田平と並んで腰かけた市兵衛を見ながら、田んぼ道から前庭へ入ってきた。

「倅が戻ってきました。千吉、ちょっときてくれ」

田平が倅の千吉を手招いた。

誰だ、と訝る様子を隠さず、千吉は田平と市兵衛のほうへきた。

市兵衛は腰をあげ、千吉へ辞儀をした。

「こちらのお侍さんは、唐木市兵衛さんだ。南吉を訪ねて江戸から見えた」

田平が南吉の店のほうを差した。

「唐木市兵衛と申します」

「ほう、江戸からかね」

千吉は、紺の布子の野良着に手甲脚絆、背負梯子に柴を堆く背負った恰好のまま、珍しそうに市兵衛を見つめた。

「唐木さんは南吉の幼馴染みのことで、お訊ねでな。おめえ……」

と、田平が話しかけた。

すると千吉は、事もなげに言った。

「いるよ」

「えっ、南吉にそんな幼馴染みがいるのか。おめえらの仲間にも加わらず、いつもひとりだったが」

「南吉は、おれらとは、あんまり遊ばなかったが、竹弥とは一緒のところをよく見かけた。竹弥とは気が合ったんじゃねえか」

「竹弥って、どこの子だ」

「何言ってんだい。村役人の谷ノ助さんとこの二男坊だよ」

「ああ、谷ノ助さんとこの竹弥か。そうか。おっ母さんが離縁になって里に帰され、谷ノ助さんが後妻を迎えて、三男の広吉が生まれたんだったな」

「竹弥は、新しいおっ母さんに馴染めなくて、たぶん寂しい思いをしてたんじゃねえか。南吉の場合とは事情は違うが、母親がいねえのは一緒だから、寂しい者同士、馬が合ったんだよ」

「そうだったか。わかる。南吉も竹弥も、母親がいなくなった寂しい気持ちが通じ合ったんだろう。それに、竹弥もあんまり活発な子じゃなかった。それも南吉と似ているな」

「では、南吉さんと竹弥さんは、今でも子供のころのように……」

「それはどうかな。南吉はもう青山村には一年半かそれぐれえは帰ってきちゃいねえ。南吉の店も、あの通りあばら家同然だしな。名主さまも南吉にはずい分腹をたてていなさるようだから、いずれ、このままじゃあ済まねえだろう。竹弥とも会うどころじゃ、ねえんじゃねえか」

「竹弥さんの店はどちらでしょうか。これから訪ねてみます」

市兵衛は刀を帯びて、半合羽に手をかけた。

「唐木さん、竹弥はこの村にはおりません」

すかさず田平が応じた。

「竹弥は十六のときに、取手宿の長禅寺に入門して、今も修行の身と聞いております。南吉とはもう長いこと、会っていねえと思います」

「おらもそう思うよ。南吉は、七年前に父ちゃんを失くしてからつれえことが続いたから、長禅寺の竹弥に会いにいく暇なんて、なかったんじゃねえか。今じゃあ、牛次郎の身内も同然のやくざ稼業に片足を突っこんだ身で、坊さんの竹弥と会っても、子供のころのようにはいかねえよ」

千吉が言った。

市兵衛は、傷みのひどい南吉の店を見遣った。又造は南吉と一緒にいるのか。市兵衛の中で、不安が次第に広がっていった。急がねば、と思った。

五

牛次郎の後ろに四人の手下が続き、六尺五分（約一九五センチ）以上ありそうな巨漢の沼次は、その後備につ いて、大きな歩幅をゆったりと運んでいた。

六人がいく堤道は十数町先の丘陵地へ真っすぐに延び、堤道から北の利根川の河原まで、一面の枯れ果てた真菰と沼地の野原が、はるばると広がっていた。

痩身に長軀の牛次郎は、銀鼠の着流しの襟元から下着の朱色をのぞかせ、独鈷の博多帯に雲文朱塗の鞘に柄は茶革菱巻の長どすを、ざっくりと落し差し。薄柿色の足袋に雪駄の、派手な旅芸人のような扮装である。

長い腕を折って懐手にし、白々とした銀鼠の袖がひらひらとそよいでいた。

牛次郎のあとに黙然と従う四人の手下らは、縞や紺無地の着流しに半纏を着まとい、長どすの一本を、これも落とし差しだった。

その後備の沼次は、黒木綿の着流しに長い手を両わきに垂らし、月代を眉にかかるほどのばした前髪を、北から吹き寄せるまだ冷たい川風になびかせていた。

堤道から、一面の枯れ果てた真菰と沼地の野原の間を、細道がくねくねと利根川のほうへ通っているのが見えていた。

　牛次郎は途中から堤道を下り、その細道を北へとった。

　真菰の原はどこまでも続き、昼下がりの白い陽射しが降りそそいでいた。何かに脅されたか、鴨の一群が鳴き騒ぎ、彼方の空へ高く舞いあがった。

　やがて、細道は利根川の芝原の川敷へと続いていき、利根川の流れが芝原のだいぶ先に見え隠れした。

　細道の利根川の川縁に灌木の林があって、細道が林の間を川面へ下っていく先に、古い歩み板の船寄せが見える。

　その船寄せは昔、北への百姓渡しに使われていたが、人家から遠いため、今はもう使われなくなり、近在の村人がこのあたりまでくることもなかった。

　その川敷の、檜が枝を広げる下に、藁屋根の一戸の廃屋があった。

　およそ二十数年前のまだ百姓渡しがあったころ、船渡しの人足が寝泊りに使っていた粗末な小屋だった。七年前の大水が出たときも流されずに残って、藁屋根は朽ちて穴が空き、店は傾いでいた。

　表の古びた板戸が、今にもはずれそうな恰好で閉じられていた。手下のひとりが、小屋のほうへ駆けていき、

「おい。親分だ。開けるぜ」

と、中の返事も待たず、板戸を乱暴に引いた。

薄暗い土間に戸外の明るみがさっと射しこんで、天井の梁(はり)に吊(つ)りさげた自在鉤(じざいかぎ)に大きな薬缶(やかん)をかけ、土間の炉にくべた枯木の小さな火が見えた。

炉のそばに敷いた筵で花骨牌(はなガルタ)を打っていた三人の男らが、慌てて立ちあがった。

「お疲れさんで、ごぜいやす」

男らは、下帯に脚絆を巻いた恰好に半纏を着て、帯代わりの五尺手拭を腹にだらしなく巻いていた。

土間の隅に、汚れたままの鍋や碗と箸がほったらかしにしてある。

「おめえら、用があったら呼ぶ。外で見張りをしてな」

牛次郎は人足らに命じ、

「へい」

と、人足らが慌てて外へ出ると、懐手のまま低い戸をくぐった。

四人の手下が続いて戸をくぐり、沼次は藁屋根の庇より上にある頭をさげて最後に入り、はずれそうな板戸をがたがたとゆらしつつ閉じた。

牛次郎と手下らで、狭い土間は一杯になった。沼次の頭は、屋根裏にも閊えそうだった。

土間の奥は小あがりになっていて、筵を敷いただけの戸もない狭い板間に、南吉と又造が胡坐をかいた恰好で土壁に寄りかかっていた。二人は後手に縛られ、ぐったりとうな垂れていた。

藁屋根の穴と板戸の隙間から漏れる外の明るみと、炉にゆれる枯木の小さな火が、薄暗がりに蔽われた小屋の中の、ひび割れた土壁や汚れた碗や鍋、自在鉤の薬缶、そして、板間でうな垂れた南吉と又造を、ぼうっと浮きあがらせた。

生木の格子の小さな煙出しはあるが、二十年以上前に空き家になったときに板戸で蔽いをしたままである。

牛次郎は、長どすの茶革菱巻の柄に白い腕をだらりとかけ、落とし差しの雲文朱塗の鞘を閂差しにした。

雪駄のまま板間を軋ませ、片膝立ちに南吉と向き合った。

「南吉、顔をおあげ」

牛次郎は、赤い唇をゆがめ、にやけた言葉つきを南吉にかけた。

南吉は顔を少し持ちあげた。瞼が黒ずんで腫れあがり、両目をふさいでいた。

頬と唇も口の中に詰物をしたみたいに歪んで、鼻血やきれた唇の血が乾いて瘡蓋になり、血の痕が着物にも点々と散っていた。

隣の又造は、南吉ほどではないものの、目の下に殴られた青痣ができ、鼻血が乾いた痕が薄い無精髭の生えた顎にまで残って、唇も別の生き物のように腫れていた。

牛次郎は南吉の顎を、指先で持ちあげた。

「南吉、痛そうだね。ひどい目に遭ったじゃねえか。どうだい。もうそろそろ、話す気になったかい」

ねっとりした口調で言った。

南吉は何も言わなかった。

腫れあがった瞼の隙間から、牛次郎を凝っと見つめかえした。

途端、指の長い牛次郎の掌が続け様に南吉の頬に乾いた音をたてた。五発目を見舞いかけたところで、南吉は朦朧として横たわりそうになった。

牛次郎は、南吉の垢じみた着物の襟をつかんで起こし、背後の土壁にどんと押しつけた。

「ふざけちゃいけないよ。おめえが旅人の寛助にわたされた、五十両のことだよ。どこに隠したのさ。それとも、誰かに預けたのかい。とっとと吐きな」

南吉は痩せて筋張った首を落とし、左右にゆらした。

そこへ牛次郎はまた張り手を、続けて浴びせた。南吉の唇の瘡蓋が破れ、鼻血も垂れてきて、牛次郎の手についた。

牛次郎は、ふうっ、とため息を吐いた。

張り手を止め、手についた血を南吉の着物に擦(こす)りつけてぬぐった。

「いやだね。おめえみてえな出来損ないを痛めつけるのは、飽き飽きさ。五十両ぽっちの金なんか、おめえにくれてやるさ。その代わり、このまま嬲(なぶ)り殺しにして、骸(むくろ)は利根の河原に、誰にも知られねえように埋めてやる。故郷の河原に埋められて、さぞかし本望だろう」

すると、南吉の垂れた首がまた左右にゆれた。

「親分。嘘言っちゃあ、いけませんよ。親分みてえなけちな人が、五十両ぽっちの金が、惜しくてならねえことぐらい、お見通しですぜ」

と、かすれ声で言った。

「なんだと、この野郎」

牛次郎が南吉のうな垂れた頭に、拳を見舞った。

拳が鈍い音をたて、南吉はうめき声をあげて板間に転がった。だが、南吉は転がった恰好でなおも言った。

「親分は、五十両で寛助さんを雇い、尾張屋の源五郎親分を始末させた。そのあと、寛助さんの口をふさぐために、寛助さんを始末した。追剝に襲われたみてえに見せかけて、懐を探ったところが、五十両はなかった。親分は、五十両が惜しくて惜しくて、うずうずしてるじゃ、ありやせんか」

「てめえ、何も知らねえ三下が、利いたふうな口をきくんじゃねえ」

牛次郎は立ちあがり、屋根裏に頭が届きそうな真上から南吉を睨み、横たわった南吉の首筋を踏みつけた。

「てめえ、誰に聞いた。誰でい。この三下に話したのはっ」

白い顔を、薄暗い中でもわかるほど顔色を変えて、土間の手下らへ怒声を投げつけた。四人の手下らは、顔をしかめて黙っていた。沼次はぼうっと見ている。

「だ、誰も、言わねえよ」

雪駄に踏みつけられ、南吉は喘ぎつつ言いかえした。

「聞かなくても、誰だって、わ、わかるぜ。おれと又造をいきなり縛りあげて、五十両をどこに隠したと責められたとき、第六感にぴんときたぜ。寛助さんは親分に、し、始末されたんだって。あんまりじゃ、ねえか。親分は人でなしだ。ご……ご……五十両を人に預けといてよかった。おれと又造が殺されて、仮令、骸が見つからなくても、おれが金をとりにいかなかったら、そいつは五十両を持って陣屋にかけこんで、斯く斯く云々と訴えるはずだ。間違えなく陣屋のお調べが入って、親分は拙いことになるぜ。だから、親分は、おれと又造を、し、始末できねえ」

「くそが」

南吉は牛次郎に踏みつけられ、苦痛にうめいた。

「そうかい。おめえらを始末したら、あっしも道連れになるってわけかい。わかったよ。けどね、南吉。そのときは、道連れになるのは、あっしだけじゃねえぜ。青山村に、おことって百姓女がいるな。じつはな、おことの父親が寛助だってことをあとで知ったんだ。寛助は青山村の男だった。そんなことを知ってたら、寛助に源五郎の始末を頼んだりしなかったぜ。ところで、おことは腹に子がいるそうだな。誰の子かわかるかい。噂じゃあ、おことの腹の子の父親は南吉、おめえだって聞いたぜ。噂が本途だとしたら、寛助はおめえの舅ってわけだ。おめえ、舅から五十両をわたされたとき、尾張屋の源五郎を殺った始末代だと、ちゃんと聞かされたかい。おことと夫婦になって、この金でやりなおせとでも、言われたかい。第六感にぴんときただと。ふざけやがって。寛助を始末したのはな。おめえが聞かされたみてえなことを、彼方此方(あちこち)でばらさねえよう口をふさがなきゃあならなかったのさ。どうせ先のねえ老いぼれの寛助に、五十両の大金は勿体(もったい)ねえだろう。世の中に役だつよう、追剝の仕業に見せかけて懐を探ったところが、五十両が見つからねえ。そんな馬鹿なと、呆れたぜ。年が明けてから、寛助とおめえとおことが妙な因縁で結ばれている噂を聞いて、呆れたのを通り越して腰が抜けそうだったぜ。そうか。あの五十両は南吉にわたっていたのかと、察しがつくじゃねえか。だからおめえに訊いたんだ。五十両はどこかってな。初めは、こんな手荒な真似はしなかっただろう。あのときに、五十両はこれでございやすと、素直に出してりゃあ、こんな面倒臭(めんどくせ)えことをせずに済んだのにさ」

　牛次郎は、又造を見かえった。

　又造は野良犬のように、首をすくめて怯えている。

「ちょうど折りも折り、親類の又造がうちの馬宿に宿をとっているじゃねえか。てっきり、おめえの悪だくみの仲間だと疑ったのさ。疑われても仕方がねえだろう。五十両がどうなったか、おめえが片意地張って吐かねえから、身体に訊くしかなかった。けどもういいよ。おめえらをここに閉じこめて、三、四、五……七草粥の七日の今日で五日目。もうお仕舞いにする。南吉、好きなだけ片意地張ってな。その挙句が、おことの腹の中の子まで、おめえの道連れさ。おことと腹の子も、すぐにおめえのあとを追って三途(さんず)の川を渡らせてやるからさ。あの世で夫婦になりな」

「や、やめてくれ。おことに手を出さねえでくれ。やめて……」

「うるせえ。もう手遅れだ。五十両ごときの端金(はしたがね)は、くれてやる。おめえと又造は、とっとと消えやがれ」

牛次郎は南吉の顔面を蹴りあげた。雪駄が脱げて、土間の土壁まで飛んでいった。南吉は木偶(でく)のように顔をそむけ、声もなく気を失った。

「お、親分さん、お願えしやす。親分さん」

と、そこへ野良犬のように首をすくめて怯えていた又造が、牛次郎の足下ににじり寄った。牛次郎は、うん？ と又造を見おろした。

「なんでい、又造。おめえが五十両の在り処(ありか)を教えてくれるのかい」

「あっしは、南吉兄さんの五十両がどうなったか、なんにも存じやせん。ほ、本途です。信じてくだせえ。あっしはただ、南吉兄さんが懐かしくって、会いにきただけなんです。南吉兄さんは、あっしの親類ですから。南吉兄さんの五十両は存じやせん。けど、あっしが南吉兄さんに代わって、お支払いいたしやす。南吉兄さんとあっしの命を助けてくださるなら、五十両どころか、百両、いや、さ、三百両ぐらいは、なんとかできると思いやす」

間があって、牛次郎が訊きかえした。

「三百両をかい？」

「へえ。三百両、なんとかできやす……」

又造はうな垂れたまま言った。

「又造、いい加減なことを言うんじゃねえよ」

「本途です。信じてくだせえ。あ、あっしのお父っつあんは、江戸の長谷川町の扇職人です。お父っつあんは、あっしの親方なんです。腕のいい扇職人で、お得意さまは江戸の老舗の扇子問屋ばかりじゃありやせん。堺町や葺屋町の大芝居の役者、大店両替商の旦那衆、江戸一の大店の《越後屋》さん、お旗本屋敷や大名屋敷にも、親方はお出入りが許されておりやす。うちに三百両はございやせんが、適当な理由をつけて親方にどうしてもと無心をすれば、親方は必ずなんとか、江戸中を駆けずり廻って都合をつけてくれやす。その三百両をこっそり親分におわたしして、あっしは江戸へ帰り、南吉さんはおことさんと所帯を持ちやす」

今日までのことは全部忘れ、何もなかったことにし、何も言わず語らず、静かに暮らす。牛次郎自身も三百両を手にして、そのほかは、何もかもがこれまで通りであると。

「親分さん、そういうことができるんじゃあ、ありやせんか」

と、又造は続けた。

「馬鹿を言うんじゃねえ。何も言わず語らずだと？　そんなこと誰が真に受けるって言うんだい。馬鹿ばかしい」

「けど、親分さんがたった今、仰ったじゃございやせんか。おことと腹の子も南吉兄さんのあとを追わせてやる、あの世で夫婦になりなって。ま、万が一にでも南吉兄さんやあっしが口を滑らせたら、そうなさりゃあいいじゃありやせんか。そんなことは、思っただけでもぞっとしやす。南吉兄さんもあっしも、絶対に何も話しやせん。絶対に……」

牛次郎は眉をひそめ、土間の手下らへ向いた。四人の手下らは、牛次郎の顔色をうかがっていた。沼次が屋根裏に届きそうな首をかしげた。

「又造、おめえ、唐木市兵衛という素浪人を知ってるかい」

ああ？　と又造が鼻血で汚れ、目の下に青痣のできた顔をあげた。

「唐木、い、市兵衛さん、でございやすか」

「そうさ。唐木市兵衛だ。素浪人のくせに、妙にすかした野郎さ」

「背の高い、しゅっとした……」

「そうだ。知ってるんだな。どういう素性の野郎だよ」

「そうか。親方だ。親方がおれの身を気にかけて、唐木さんを寄こしてくれたんだ。きっと、親方の伝言を唐木さんに頼んで、それで唐木さんが江戸からわざわざ、南吉兄さんを訪ねてきてたのか」

「だから、どういう野郎か、さっさとこたえな」

牛次郎が苛だたしげに又造の頭を引っ叩いた。

又造は顔をしかめ、痛みを堪えて言った。

「あっしは、一度お目にかかって挨拶したぐれえなんです。よく知ってるお侍さんじゃありやせん。算盤ができて、お武家屋敷の台所勘定を済ます用人役を、臨時に請けていると聞いておりやす」

「臨時の用人役？　そんな役があるのかい」

「わ、渡り用人とか、言われておりやす」

「渡り用人って言うのかい。臨時の武家奉公なら、唐木市兵衛は、恰好は二本差しでも、本物の侍じゃねえのかい」

「いいえ。唐木さんは歴としたお武家の生まれと、聞いておりやす。ていうか、身分の高えお旗本の生まれなのに、跡継ぎじゃねえもんだから、自分からお屋敷を出て浪人暮らしを始めたとか。けど、唐木さんの兄さんが、御公儀の御目付役で、唐木さんは浪人を装って、じつは兄さんの指図を受けた隠密の御用を務めているんじゃねえかと、噂を聞いたことがありやす」

「こきゃあがれ。御目付の隠密の御用が、おめえの親方の使いっ走りかい」

「そんなはずは、ありませんよね。そういう噂も聞いたってだけです。ですが、唐木さんがきているならちょうどいい機会です。唐木さんに親方へ伝言を頼みやす。金がいる理由もあっしが考えやす。唐木さんに会わせてくだせえ。決して、親分さんに損はさせやせん。嘘偽りを申しやせん。おことさんと、お腹の子の命がかかっておりやす」

「唐木は、腕はたつのかい」

「さあ、腕がたつのかたたねえのか、あっしは見たことがねえんで知りやせん。

を積んだと聞いたことがありやす」
ただ、十三か四のころ、上方に上って、どっかのでかいお寺で勉強と剣術の修行を積んだと聞いたことがありやす」

「ふうん。上方の寺で剣術の修行をかい。坊主相手の剣術修行じゃ、てえしたことはなさそうだが。うん、妙な素浪人が現れやがって、面倒だね。その話は考えとこう。いくよ」

と、牛次郎は土間におりた。

手下のひとりが、土間に飛んだ牛次郎の雪駄を足下に差し出した。

牛次郎の後ろに四人の手下と、沼次が続いていた。

利根川の芝原の川敷から、また真菰の原を戻っていた。真菰の原の沼地で、小鴨が騒いでいた。夕方が近づいて、日はだいぶ西に傾いている。

牛次郎は懐手にして、銀鼠の袖を夕方が近づいた冷たい風になびかせた。

「巳ノ助、おめえならどうする」

牛次郎は手下のひとりに、背中を向けたまま言った。

小柄な巳ノ助は、牛次郎のすぐ後ろにちょこちょこした小股で近づき、小声で訊きかえした。

「どうするって？」

「南吉と又造を、さっさと始末するか、それとも又造のとんちきの話に乗って、三百両を狙うかさ」

「唐木市兵衛に又造の使いをさせて三百両を、でやすか。そんなに上手くいきやすかね。ちょいと、危なっかしい話にも思いやすが」

「危なっかしい話だから、狙う値打ちもあるんじゃねえかい」

「そりゃそうだ。だから邪魔な源五郎も、無理矢理とり除きやしたし、それに、元締の小曽木さまを味方につけるためにも、ずい分かかりやしたからね。そいつを一気に取り戻せるいい機会だ」

巳ノ助は即座に言った。

「けど、唐木市兵衛が、目付とやらの隠密だったら、どうしやすか」

「馬鹿ばかしい。又造の間ぬけに隠密と見破られるようなとんちきが、隠密なわけがねえよ。由緒ある血筋だと吹聴して町民を騙る、ああいう手合いがいるんだよ。坊主剣法を修行しただとか、馬鹿みてえな勿体をつけてさ。唐木なんてその手合いに決まってるさ」

牛次郎は、けたけたと笑い声をあげた。巳ノ助が牛次郎に合わせて笑い声をまき、ほかの手下らもつられて笑った。

ぼうっとしている沼次とほかの男らが、甲高い笑い声をあげ、枯れ果てた真菰の原を渡っていく。

と、牛次郎が不意に物憂(ものう)げに言った。

「だけど、馬鹿と鋏(はさみ)は使い用さ。ああいう手合いは小狡(こずる)くたち廻るのに慣れているから、案外、上手くいくんじゃないかね。唐木が上手くたち廻って三百両が手に入(へ)えったら、ご褒美(ほうび)に仲間にしてやってもいいしね」

「はは、しゅっとしたいい男でやすからね」

「なんだい。焼餅かい。とにかく、唐木との段取りは、巳ノ助がおっつけ」

「承知しやした。三百両と交換で、南吉と又造は解き放つんですね」

ううん、と牛次郎の銀鼠の背中がうなった。

「そのとき考えよう。寛助と同じ手で、唐木も入れて三人ともに、というのも考えられなくもねえし」

牛次郎は事もなげに言い、後備の沼次へ見かえった。

手下らの頭の上にある沼次の大きな顔が、ぼうっと南の空を仰いでいた。

第三章　疑　心

一

　その昼下がり、お藤は本石町の扇子問屋《伊東》の店をひとりで出た。正月の祝儀用に使う杉の扇箱と練羊羹の箱をひとくるみにして抱えていた。

　日本橋南の、御高札場と青物市場の繁華な大通りを東へ折れ、楓川に架かる海賊橋を渡って坂本町一丁目、山王御旅所の大通り、北島町へととった。

　亀島川の入堀に地蔵橋が架かっている。

　橋の袂に柳が枝を垂らし、入堀の水面に八丁堀の青空が映っている。板塀や生垣に囲われた町方の組屋敷が、入堀の両側に亀島町川岸通りまで続いている。

　北町奉行所定町廻り方同心・渋井鬼三次の組屋敷は、地蔵橋の袂からひと筋入った小路にある。

板塀に囲われ、片開きの木戸がある。

お藤は木戸を通り、前庭の飛び石伝いに表の戸口へいった。

戸口の腰高障子をそっと引き、薄暗い土間をのぞいた。

土間の奥に中仕切の格子戸が閉ててある。片側の寄付きの腰付障子も隙間なく閉じてある。まだ正月らしく、戸内は寂と静まっている。

それでも、ほのかなぬくもりが、人の気配を感じさせた。

「ごめんなさい。申し……」

お藤は中仕切の奥へ呼びかけた。

すぐに、はい、と声がかえり、長助の声だとわかった。

お藤は土間に入って、また声をかけた。

「本石町の藤です。お久しぶりです」

たたた、と土間が鳴り、中仕切の格子戸が少し建てつけの悪い音をたてて引かれた。懐かしい長助の顔がのぞき、長助の後ろにお三代がお藤を見て、あっ、という顔つきになっている。

「お藤さま」

すっかり白髪（しらが）頭になった長助が、見た目より張りのある声を寄こした。

長助お三代夫婦も、もうそろって六十をすぎているはずである。

お藤はすぎ去った歳月の長さを、長助とお三代を見て思った。

「長助さん、お三代さん、ご無沙汰（ぶさた）をいたしておりました」

お藤は片手に抱えたくるみに片手を添え、二人へ辞儀をした。

「お藤さま、どうぞどうぞ、こちらへ」

長助がせっかちに言ったが、

「おまえさん、お藤さまは座敷のほうから、あがっていただかないと」

と、長助の後で辞儀をしたお三代が言った。

「おう、そうだ。お藤さまは老舗（しにせ）のお内儀（ないぎ）さまだった。お藤さま、ただ今寄付きのほうへ廻りますので」

「いいのいいの。勝手の方が暖かいし、まだちゃんと覚えていますから」

お藤は長助を止め、中仕切のほうへ遠慮なく進んでいった。

中仕切の格子戸をくぐると、勝手の土間続きに、台所の板間と茶の間が鉤（かぎ）形に囲う造りも、お藤は懐かしかった。

茶の間には炉が切ってあり、炭火が白くなっている。

「ああ。変わっていませんね。すぎた日が甦ってきます」

お藤の目がちょっと潤んだ。

「あがらせてもらうわね」

と、お藤は茶の間の炉のそばに坐った。渋井鬼三次の女房だったころ、炉のこの座がお藤の場所だった。

「お藤さま、お懐かしゅうございます」

「お懐かしゅうございます」

土間の長助とお三代は、お藤へ改めて辞儀をした。

「お久しぶりです。長助さん、お三代さん、いくつになったの」

「年が明けてうちの人は六十三。わたしは六十一になりました。あっという間でございました」

お三代が言った。お三代の髪もずい分白くなった。

それでも、年なりに銀杏返にきちんと整えている。町家育ちのお藤が、町家なのか武家なのかよくわからない、町奉行所同心の渋井家に嫁入りしたばかりのころ、お三代にずい分助けられた。

「本途にね。わたしも年が明けて四十歳になりました」

「そうなんでございますか。こちらにお輿入れなさったころよりも、いいお歳をとられているようにお見受けいたします」

「あら、そう。ありがとう。あのころ、二十歳にはなっていたけれど、自分のことさえよくわからない小娘でした。お三代さんと長助さんがいてくれたお陰で、渋井さんとあそこまで持ったんですよ。何しろ二人とも……いけない。今さら愚痴はよしましょう」

遠い記憶を、お藤は白い手で払った。

「渋井さんと良一郎は、いますか」

「あ、はい。旦那さまはお勤めで、数日前からお戻りではありません」

「あら、まあ。そうなの。まあね。廻り方は盆暮れ年始や節句も、変わりなく勤めなければなりませんからね。数日前から。そうでしたか」

お藤は言いつつ、少し気が楽になった。

渋井さんよりも良一郎のほうがまだ話しやすいわ、と思った。

「若旦那さまはおられます。只今、お取次いたします」

長助は勝手口から庭へ廻って、「若旦那さま」と呼び、「はあい」と、良一郎の童子のころを思い出させる声が聞こえた。

「お母上さまがお見えです。茶の間におられます」

「おっ母さんが。そうか。すぐいく」

良一郎が廊下を軽々と鳴らした。

廊下側の舞良戸が引かれ、細長い首をにゅっと差し入れてきた。細面の色白にやや才槌頭気味の相貌に、人形のように結った小銀杏の不釣り合いな感じが、かえって初々しかった。

「母上、おいでなさいませ」

おっ母さんではなく、母上、と言った。青竹のような痩軀を、恥ずかしそうに縮めて台所の間に入ってきた。

白茶の着流しに鉄色の角帯をぎゅっと締め、白い脛の下の紺足袋が、いかにも休日の町方、という風情だった。

案外、板についているじゃない、とお藤は内心ちょっと感心した。

良一郎は、お藤と渋井鬼三次の間にできた倅である。

本石町の扇子問屋の娘だったお藤と町方同心の渋井鬼三次は、惚れ合って夫婦になったが、上手くいかなかった。夫婦の間に不和が続き、

「良一郎は町方には絶対させません」

と、お藤は童子の良一郎の手を引いて本石町の里に戻った。お藤の里は、本石町の老舗の扇子問屋である。

そして、三年ののち、再び良一郎の手を引いて、同じ本石町の扇子問屋・伊東の文八郎の元に再縁した。良一郎は伊東を継ぐはずだった。

ところが、良一郎は十三、四のころから、不良仲間に加わって本石町の店には何日も帰らず、賭場にも出入りする不良になっていた。

良一郎が御番所のお縄を受け、伊東の商いの障りになるような事態になったらどうしよう、とお藤は心を痛め、心身ともに悩まされた。母親として何をしたらいいのか、わからなかった。

夫の文八郎に申しわけがたたない。前夫の渋井鬼三次にも迷惑をかけた。

あのころの良一郎には、本途に悩まされた。

けれど、何年かがたって、いろいろあって、今はこうなった。

北町奉行所に良一郎の見習の出仕が始まったのは、去年の初秋である。

文八郎のあとを継がず、渋井家に戻って、と良一郎自身が望んだことだったから、仕方がなかった。

これでよかったのかも、と今はお藤も思っているけれど。

良一郎は、痩せて尖(とが)った両肩の間に首をすくめて端座した。

「明けまして、おめでとうございます」

と、照れ臭そうに言った。

「おめでとう。これ、お年賀に」

お藤は、祝儀用の扇子箱と練羊羹の箱をくるみから解いて、良一郎の膝の前へ差し出した。

「はあ、ご丁寧(ていねい)に畏(おそ)れ入ります。長助、おっ母さん、じゃなくて母上にいただいたよ」

良一郎は土間の長助に言った。

ありがとうございます、とそれをいただいた長助が、

「茶は座敷のほうへお持ちしますか。それともこちらで」

と、良一郎に聞いた。

「母上、どうしますか」

「そうですね。もうみな知っていることですから、ここでかまわないでしょう。ここは暖かいし」

少し憂い顔を良一郎に向けた。

「父上がいなくても、いいのですか」

「渋井さんと良一郎の二人に話すつもりでしたから、渋井さんには良一郎が話しておいてね。渋井さん、泊りの御用なんですってね」

「はい。どんな御用か、詳しいことはわかりませんが、勘定所の調べのお手伝いらしいです」

「町方が勘定所の？　ふうん。良一郎はお休みなの」

「わたしは見習ですので、年始の挨拶廻りや答礼はありません。休みの間に、本所と深川の町家から出された嘆願書や趣意書を、確認しておくつもりです。御用始めになれば役にたちますので」

　良一郎は去年の秋、無給の無足見習から、銀十枚の手当を支給される見習になった。同時に、本所方の見習で本所小泉町の御用屋敷に出向を命じられた。北町奉行所本所方の屯所である。南町奉行所の御用屋敷は南本所元町にある。

　本所方は、本所深川の橋や道の普請、屋敷の調査、町名主の進退にかかわる事務や調べなどにあたり、また、水害の多い本所深川の橋梁の被害を防ぎ、二艘の鯨船を有して人命の救助も行った。

「そう。しっかりお勤めに励まないとね」

　お藤は、話をきり出しにくそうに言った。

「母上、もしかして、長谷川町の又造兄さんのことですか」

「やっぱり、もう知っているのね」

「この二日に、紺屋町の文六親分の店に年始の挨拶にいったとき、文六親分から聞きました。年の瀬に、又造兄さんと小春のこれからのことで、左十郎さんと又造兄さんが喧嘩になったらしくて、又造兄さんが家出をしたと聞きました。又造兄さんは、我孫子の親類を頼っていったみたいだとか。でも、文六親分は、又造兄さんと小春がどうなるのかは、詳しいことは知らないようです」

　紺屋町の文六は、南町奉行所臨時廻り方同心・宍戸梅吉の御用聞である。

　良一郎は、ほんの一、二年前まで、文六親分の下っ引に使われていた。

「渋井さんにも伝えたんでしょう。渋井さんはどう言ってるの」

「小春に会うのは、しばらく控えたほうがいいと、言われました」

「それだけ？」

「それだけです」

「相変わらず、そういう人と人の微妙なかかり合いやいき違いとかには、無頓着な父親ね」

「そうでもありません。わたしが話しますと、絶句して、しばらく考えこんでいました。父上も困惑しているようです」

「じゃあ、小春とも会っていないのね」

「年が明けてからは、会っていません」

お藤がため息をついたところへ、お三代が茶の碗を出した。

香ばしい香りと湯気がゆれる煎茶を、お藤は一服した。

「美味しい。お三代さんが淹れてくれたお茶を、この炉端で一服しているときを思い出すわ。嫁いできたばかりのころで、毎日気が張りつめて、唯一のしみじみできたひとときでした」

「そうでしたね。お藤さまは美味しそうにお茶を飲んでおられました。二十歳の綺麗なご新造さんでした」

お三代が言うと、お藤はくすりと二十歳の新造のように笑い、

「それでね、良一郎……」

と、語調を変えた。

「昨日、伊東で七草粥のふる舞いがあって、毎年、左十郎さんとおくめさんと又造兄さんと小春もくるんだけど、今年は左十郎さんだけが、祝儀の品を届けにち

ょっとだけ顔を出してくれたの」

「そうか。七草粥のふる舞いか。七草粥のふる舞いは、大勢のお客さんがきて、子供のころは楽しかったな。小春と遠慮なく言い合うようになったのは、あのときじゃなかったかな。わたしも小春も九歳でした」

「あら、そうなの。それでね、左十郎さんを無理矢理に引きとめて、その後、何か変わった事はありませんかって、訊いてみたの。そしたらなんと、我孫子の親類のところへ、又造兄さんの考えを確かめに、唐木市兵衛さんにいってもらいましたって、左十郎さんが言ったのよ」

「そうか。市兵衛さんか。市兵衛さんがいってくれたんだ」

「わたしも、左十郎さんから聞いて、唐木さんならいい、あの人はいいって、思わず手を打って言っちゃったのよ。唐木さんなら、又造兄さんも、江戸へ帰る気があるのかないのか、帰らないならこれからどうするつもりなのか、本心を伝えると思いますよって。左十郎さんも、唐木さんに頼んで、少し気が落ち着いているようだったわ」

「市兵衛さんは、親身になって人の気持ちに寄り添ってくれる人ですから、又造兄さんもきっと、思いつめていることをぶちまけて、気持ちがすっとするんじゃないかな」

「本途に、あの唐木さんならね」

お藤がそういって、しかし、ふと小首をかしげた。

「でも、渋井さんとあの唐木さんが、どうして馬が合うのかしら。自分勝手な渋井さんと大違いなのに」

二

へっくしょん、と不意にくしゃみが出た。

途端、水茶屋《狐火》の店頭で客引きをしていた茶汲女(ちゃくみ)が、そば処《稲葉屋》の二階の渋井へ顔をあげた。

渋井は二階の出格子窓に閉てた障子戸の隙間から、素早く顔を引っこめた。

「危ねえあぶねえ」

障子戸の陰へ隠れ、田野倉へ苦笑いを投げた。

「何かありましたか」

田野倉が手控帳から顔をあげ、渋井に言った。

「ついくしゃみをしたら、客引きの女がひょいとこっちを見あげたんだ。目が合いそうになっちまったよ。ぎりぎり隠れたと思うが、賑(にぎ)やかな参道でも、くしゃみが聞こえたのかな」

「お八重ですか」

田野倉は筆を矢立に仕舞い、手控帳をおいた。四(よ)つん這(ば)いの恰好(かっこう)で出格子窓のそばにきた。

「お八重じゃねえんだが、誰かのぞいているよと向こうに気づかれちゃあ、肝心の張りこみが無駄になりかねねえ」

渋井はまた、障子戸の隙間(すきま)へそうっと顔を近づけ、参道を隔(へだ)てたはす向かいの水茶屋・狐火の店頭を見おろした。

田野倉も、障子戸の隙間から往来をのぞいた。

渋井と田野倉は、二階四畳半の出格子窓の腰付障子を両側から二、三寸ほど透かし、水茶屋・狐火の店頭を見おろす恰好である。

正月八日の今日も、相変わらず参道の人通りは多い。

お八重ではないが、濃い白粉に口紅をくっきりと差した女が、「お入んなせ」と、艶(つや)めいた声で客引きを続けている。

「気づいては、いないようですね」

四つん這いの恰好でのぞいたまま、田野倉は呟くように言った。

狐火の表戸に、ひとりか二人、多いときは三人ぐらいの化粧の濃い茶汲女が入れ代わり立ち代わり立って、婀娜っぽい声を参道に投げている。

「こうしてずっと見張っていると、茶汲女の生業も傍で思っていたほど楽ではないのですね。楽しそうに華やいで見えても、一日中、接客と客引きで日が暮れるんですから、大変だな」

「夜は夜で、いやな客でも相手を務めなきゃあならねえだろうしな」

と、渋井はかえした。

二人のほかに、御用聞の助弥と下っ引の蓮蔵がいて、二人は飛鳥山の山裾に料理屋が軒を並べるあたりから、王子権現や王子稲荷のほうまでの参道や境内をうろついて、七郎次らしき男を見かけないか、目を光らせていた。

四人が交代で、昼も夜も水茶屋・狐火を見張った。

我孫子の七郎次が、狐火抱えの茶汲女のお八重に会いにきたところを捕縛するためである。

七郎次の歳のころは四十代半ば。中背の小太りで、頭はだいぶ禿げて髷は小さく、鼻の右わきにちょっと目だつ黒子があった。

「七郎次が大晦の前夜に我孫子宿を欠け落ちして、今日で九日目です。七郎次はもうこないのかもしれません。問屋場の有金を懐に、とっくに遠い他国へ姿をくらましたんでしょうか。そりゃそうですよね。二十も歳の離れた女に絆されてついその気になったけれど、案の定、袖にされて恥をかかされた。その女が三年たって、今さら縒りを戻したそうな素ぶりを見せても、やっぱり用心しますよ。そうは簡単に問屋が卸さないでしょう」

「と言って、七郎次が現れねえとも限らねえし、案外、どっかでもうとっ捕まっているかもしれねえし。田野倉さん。今はわたしが見張り番だから、休んでください。先は長いと、覚悟しとかなきゃあなりませんからね。こういうのは、我慢比べなんですよ」

「わかりました。では……」

田野倉は障子戸を離れ、部屋の壁に凭れた。矢立から筆を出し、手控帳を開いてまた筆をすべらせ始めた。途中で筆を止め、何か考え事をし、それから、そうか、とひとりで呟き筆をなおも動かしていく。

渋井は田野倉の呟き声に引かれて一瞥をやり、すぐに参道へ戻した。

「田野倉さん、七郎次の公金着服には、不審な理由がありそうですね。そうじゃありませんか。七郎次がなんで着服なんだと、思いますよ」

渋井は、狐火の店頭を見おろしたまま言った。

田野倉は手控帳から顔をあげ、渋井を見つめた。

「渋井さん、茶を淹れましょう」

なぜかそう言って、香りの強い番茶を淹れた。

部屋には小さな陶の火桶(ひおけ)があって、鉄瓶がかかって、湯気がゆるくのぼっていた。急須と碗も、稲葉屋が用意している。

田野倉は番茶の碗を盆に載せ、渋井のほうへ近寄った。

「どうぞ」

「こりゃどうも」

渋井は左右ちぐはぐな目を田野倉へ向け、くせのある笑みをちらりと浮かべた。

田野倉も端座したまま番茶を一服し、ひと息をおいて言った。

「渋井さんは、先だって御奉行所で、七郎次が女郎衆に何気なく言った、今やっている仕事が一段落したら、というのは、問屋場の役目や金物商の稼業ではない別の仕事が七郎次にはあって、問屋場の公金着服と失踪は、その仕事とかかり合いがあったからではないかと、聞かれましたね」

「ええ。七郎次の問屋場の公金着服は、生まれ育った国を捨て、親類縁者や人の縁を絶って、人相書か触書が廻される罪人になってでも、と目が眩むほどの大金とは思えねえと、田野倉さんが仰ったんです。それから、七郎次が表には見せない心中の闇が窺えるとも。七郎次が女郎衆に言った今やっている仕事には仕事仲間がいる。あるいはいたに違いねえ。そいつが誰かを探れば、七郎次の外様には見せていない心中の闇が、わかるんじゃねえか。そう思って、七郎次にほかに仲間がいた見こみを訊ねたんです。ただの町方の勘ですがね」

「渋井さんに聞かれて、七郎次に仲間がいた見こみは、茶汲女のお八重ぐらいしか考えられない、女郎衆に言った今やっている仕事も、宿役人の仕事とか家業の金物商のことだろうと思っていたと申しました」

「それが？」

渋井は、狐火の店頭から目をそらさずに言った。

「あのあと、七郎次に仲間がいる、あるいはいたとしたら誰だろう、宿役人の仕事とか家業の金物商とは別の仕事があったとしたらなんだろうと、考えてみたんです。陣屋の手代の勘で申しますと、気になっている人物がおります。おりました、と言うべきですが。七郎次の公金着服と失踪には、知る限りではなんのかかり合いもない人物です。御奉行所でも申したのですが、七郎次の一件の七日ほど前、我孫子宿西の根戸村を縄張りにする尾張屋源五郎という親分が、賊に襲われ一命を落とした一件がありました。尾張屋源五郎は、根戸村と周辺の賭場を仕る貸元です。一方で源五郎は、我孫子宿の問屋場から我孫子宿と小金宿の継立の荷馬と馬方の差配を任されている請人でした」

「ああ、田野倉さんと上役が貸元殺しの一件の探索にあたっていたので、同じ我孫子宿ゆえ、公金着服の一件の調べも命じられたんでしたね」

「そうです。何しろ、人手が足りませんので」

「貸元殺しの一件と、七郎次の公金着服にかかり合いがあるんで?」

「宿場間の継立は定助郷や加助郷など、継立の荷馬と馬方を差配するのは、本来は問屋場の役目です。しかしながら、問屋場の役人の指図を請けた源五郎のような土地の請人が、荷馬と馬方を差配してはじめて、宿場から宿場へと滞りなく継立ができているのです。つまり、問屋場から差配を任された源五郎のような請人の助けがなければ、継立は滞り、人の往来、物の運搬に支障をきたすことになりかねないのが、実情なのです。ですから、土地の請人が縄張りにしている賭場には、陣屋も目をつぶっております」

「なるほど。そういうことは、江戸でもあります」

「源五郎は、年もおしつまった下旬の夜、我孫子宿から根戸村へ戻る途中、宿場はずれで賊に襲われ、落命いたしました。問屋場の用で我孫子宿と根戸村を往来する折りは、必ず二、三人の手下を従えております。ですが、その夜は宿場の往来から、手賀沼のほうへ下る香取神社のそばに囲っているめかけの店を訪ねた戻りで、源五郎はひとりでした。めかけの店から根戸村の本宅へ戻るときは、いつもひとりだったようです。源五郎は、先代の築いた根戸村の縄張りと我孫子宿の問屋場の請人の利権を受け継いだ親分です。根戸村で生まれ育ち、子供のころからよく知っている我孫子宿から根戸村へは、目をつぶってでもいける通り慣れた道でした。それでも、夜ふけに手下も連れずただひとりでというのは、油断があったのかもしれませんが」

「源五郎の懐を狙った物盗りだったんで？」

「金目あてではありません。源五郎の懐の革の財布は、手つかずで残されておりました。襲われた場所は、宿場の家並みが終って、宿場の西方の出入口に祀った馬頭観音をすぎたあたりのゆるやかな上り坂でした。人通りの途絶えた寂しい夜道で、北風が道端の松林を蕭々と鳴らしていたそうです。おそらく賊は、道端の松林に身を潜め、源五郎が通りがかるのを待ち受けていた。源五郎が通りがかると前面へいきなり進み出て、左首筋から右の腹までの袈裟懸に斬り下げました。疵はそれひとつしかなく、一撃で源五郎は絶命したと思われます。源五郎の絶叫を聞いた者が、宿場に何人かおりました。ところが、ほんの束の間の絶叫だったため、みな森の獣の鳴き声だろうと思い、寒風の中をわざわざ確かめにはいかなかったのです」

「ということは、賊は源五郎の命を狙い宿場はずれの道端で待ち伏せしていた。源五郎がめかけの店から根戸村へ戻る夜道は、手下を連れずいつもひとりだと、知ってそこを狙ったわけですね」

「間違いなくそうです。それも、相当の手練れと思われます。となると、源五郎への遺恨か、あるいは何らかの狙いがあって、源五郎を邪魔に思い始末した者がいたということです。すなわち、源五郎には近在の貸元との縄張り争いとかのもめ事やごたごたを抱えていた相手がいたはずです」

「源五郎ともめている者が、いたんですか」

「はい。やくざ同士の縄張り争いの、もめ事やごたごたとは少々違いますが」

田野倉は続けた。

「水戸方面へ、我孫子宿の次の宿場は利根川を越えた取手宿です。利根川の渡船場の我孫子宿側は青山村で、我孫子と取手は一里十八町（約五・九キロ）。利根の渡船場を控えた青山村は間の宿として旅籠や茶屋もあり、青山宿とも呼ばれております。我孫子宿と青山宿まで、当然、その間にも継立の荷馬と馬方が、人と荷を運んでおります。我孫子宿と青山宿の継立の差配は、柴崎村の牛次郎という貸元が問屋場より請人を任されております。この柴崎村の牛次郎と根戸村の源五郎が、継立の請人のある利権を廻って対立していたのです」

「ある利権？」

渋井は田野倉へ一瞥を投げ、すぐに狐火の店頭へ目を戻した。

茶汲女に袖を引かれた数人の客が、わいわいと店の中へ入っていった。昼間から酒宴が始まりそうな賑やかさだった。

「柴崎村は我孫子宿から水戸道をとった次の村で、青山村はその隣村です」

柴崎村の牛次郎は、根戸村の尾張屋源五郎が、父親の縄張りと利権を受け継いだ根戸村で生まれ育った貸元とは違い、十八年余前、そのころ柴崎村と周辺を縄張りにしていた八左衛門の下に草鞋を脱いだ上方からきた流れ者だった。柴崎村に草鞋を脱いだとき、歳は二十一、二の、まだ若い衆と言っていい血の気の多い旅人だった。生国は上方のどこか、遠い上方から関東の相馬郡まで、なぜ、どのように流れてきたのか、牛次郎は誰にも明かさなかった。

　青白い細面に痩身の長軀で、腕っ節が滅法強く、度胸も据わっていた。

　ひと重のきれ長の目を瞬きもさせず相手を凝っと睨み、紅を刷いたかと思わせるしゅっと結んだ赤い唇を、片側を歪めて笑みを作ると、細面の陰に隠れていた陰鬱な気質が墨を差したように浮き出る、不気味な男だった。しかし、八左衛門はそんな流れ者の牛次郎を、おらの縄張りを継ぐのは牛次郎しかいねえ、と公言するほど気に入っていた。

　そのきっかけになった騒動があった。取手宿の新町を縄張りする貸元が、利根川の渡船業を対岸の青山村から一手に請ける利権を狙って、青山村に進出を企てた。

　そのため、新町の貸元の手下らが、利根川を青山村へしばしば渡って、村役人や名主への接触を頻繁に図っていた。

青山村は八左衛門の縄張りではなかった。

青山村は利根川渡船の村役を負っており、陣屋の監視が案外に厳しく、貸元としてはなかなか手が出せなかった。

ただ、我孫子宿と青山村を往来する継立の、荷馬馬方を差配する請人を任されており、八左衛門自身は青山村も自分の縄張りと吹聴していた。

その青山村に、取手宿の一家が食指を延ばしていると聞きつけ、八左衛門が激怒しないわけがなかった。

新町の貸元との間で今にも大出入りが始まりそうな不穏な情勢だったが、新町の貸元は、柴崎村の八左衛門ごとき、と高をくっていた。

というのも、柴崎村の八左衛門は、手下の数では繁華な取手宿を縄張りにする新町の貸元の半分ほどだった。

いつでもやってやるぜ、と新町の貸元の手下らは、五人六人と連れだって、毎日のように青山村へ現れた。

その朝、新町の男ら五人が青山村へ渡り、若頭を先頭に渡船場から芝原河原を青山村のほうへ向かっていた。その河原道の流作場の畑地にいたる手前あたりまできたとき、四人の八左衛門の手下らが立ちはだかった。

双方とも長どす一本を腰に帯びて睨み合い、道を譲らなかった。

「そこを退(ど)け。容赦しねえぞ」

「てめえらこそ、ここをどこだと思っていやがる。とっとと失(う)せやがれ」

と、激しく言葉を投げ合い、すぐに長どすを抜いて斬り合いが始まった。

八左衛門の四人の手下の中に、柴崎村に草鞋を脱いだばかりの牛次郎が、助っ人に加わっていた。

斬り合いが始まると、牛次郎は奇声のような雄叫(おたけ)びを発し、真っ先に新町の五人へ突進し、斬りこんだ。

手下を率いていた若頭が、牛次郎の鋭い一撃を浴びて顔面を割られ、ひっくりかえり、若頭に続く二人が、斬り廻る牛次郎に深手を負わされ薙(な)ぎ払われた。

残り二人のひとりが長い足で蹴りを受け、芝原をごろごろと転がされ、最後のひとりは、牛次郎の凄(すさ)まじさに怯(おび)え逃げたものの、ほかの三人に追いつめられ、結局、震えて命乞いをした。

そのとき牛次郎は、狂ったように斬り廻りながら、なぜかずっと薄笑いを浮かべていたと、その場にいた八左衛門の手下らは、親分の八左衛門のみならず、仲間にも話して聞かせた。

「あの若いのは、そんな凄腕なのかい」

と、まだ草鞋を脱いだばかりの新参の牛次郎を見なおし、八左衛門は牛次郎をすっかり気に入った。

その喧嘩騒ぎは、ほんの小競り合いにすぎなかった。

にもかかわらず、それ以来、新町の貸元は青山村には手を出さなかった。

疵を負った若頭は、半月ほどたって、手当の甲斐もなく息を引きとった。八左衛門の手下には、牛次郎という恐ろしい渡世人がいるという噂が、新町の貸元の一家にたちまち広まった。

牛次郎を気に入った八左衛門は、牛次郎を娘婿にと思うほどだった。

牛次郎が、八左衛門の女と祝言を交わして入り婿し、若くして八左衛門一家の代貸についたのは、利根の河原の騒動から一年後だった。八左衛門の女のお富は、牛次郎より三つ年上の気性の激しい女だった。

それから二年半後、八左衛門が卒中で倒れ、寝たきりになった。

八左衛門には、若い後添えの産んだ、松吉という幼い倅がいた。

牛次郎は病臥した八左衛門から、柴崎村の縄張りと、我孫子宿と青山村までの継立の請人の利権を譲り受けた。

その折り、八左衛門は牛次郎に、倅の松吉が一人前になったら、柴崎村の縄張りを譲り、牛次郎は倅の後見役に廻って、二人で縄張りと継立の請人の利権を守っていくようにと命じた。

「あっしがこの村に落ち着くことができやしたのは、親爺さまに引きたてていただいたお陰でございやす。このご恩は、牛次郎、生涯忘れはいたしやせん。あとせいぜい五年余、松吉さんが前髪を落とした次の正月、親爺さまよりお預かりする縄張りを松吉さんにおかえしいたし、あっしは松吉さんの後見役として松吉さんをたて、一家を守りたてていく所存でございやす。親爺さま、何とぞご安心くだせえ」

牛次郎は、八左衛門に約束した。

「牛次郎、頼んだぜ」

病の床に臥せった八左衛門は、涙を流して牛次郎の手をにぎった。

半年のちに八左衛門が亡くなり、牛次郎は柴崎村とその周辺を縄張りにする貸元として一本立ちした。当然のごとく、我孫子宿と青山村の継立の荷馬と馬方の差配を任され、請人としても問屋場の宿役人らに認められた。

それを機に、牛次郎は若くしてめきめきと頭角を現し、利根川より南の水戸道の松戸や、西は流山や野田、東は布佐や成田のほうまで、柴崎村の牛次郎の名が知られるようになった。

だが、牛次郎が柴崎村の貸元を継いでから三年がたった春の終り、牛次郎の跡目を継ぐことが決まっている八左衛門の遺子の松吉が、物盗りか無頼な流れ者かに殺害される事件が起こった。

松吉は十二歳で、来年か、遅くとも再来年ぐらいには、前髪を落とすころあいかと、古参の手下らの間で話が出始めていた。

牛次郎は自ら手下を指図して下手人探しに狂奔したが、下手人が見つかることはなかった。

それからまた二年余がすぎたある日、柴崎村の裏の松山で、牛次郎の女房・お富が首を吊った。松山では蟬が一斉に鳴き始めた、夏の盛りだった。

女房は日ごろ気鬱の病を抱えており、ずい分悩まされていたと、通夜の夜、牛次郎は涙ながらに言った。葬儀の場でも、弔問客を前にして牛次郎は慟哭し続けた。その度を越した愁嘆のあり様に、かえって座が白けたほどだった。

しかし、女房のお富は先代の八左衛門の気性をよく継いだ勝気な姐さんで、亭主の牛次郎を貸元としてたてつつ、手下らへの目配りがいき届いて、先代からの古参の手下らには《女貸元》と一目おかれていた。

お富の葬儀が済んだあと、古参の手下らが騒ぎ出した。

姐さんが首吊りなんてあり得ねえ。姐さんに一体何があった。姐さんは首を吊ったんじゃねえ。吊らされたんだ。誰にだと。そんなこと、口が裂けても言えねえよ……

などと、お富の首吊りについて、いろいろととり沙汰された。

一家の中に不審と、奇怪な臆測が渦巻いた。

けれど、女房の首吊りの理由もわからずじまいで、ときがすぎていった。

三

「この話は、女房の首吊りの一件があってから杯をかえして、今は久寺家村（くじけむら）の作男に雇われている、元は八左衛門の手下だった年寄から聞いたのです。牛次郎は、金銭への執着が非常に強い男で、金になる話であれば、大した金額でなくとも、目の色を変えて喰（く）らいついてくることが、だんだんわかってきたそうです」

田野倉は渋井に言った。

王子権現の参道をいき交う人通りの賑わいや、階下の客の声が、そば処・稲葉屋の二階の四畳半に、絶えず聞こえている。

渋井と田野倉は、陶の火桶のそばで、渋井は胡坐をかき、田野倉は端座して向かい合っていた。

出格子窓に閉てた腰付障子をわずかに透かし、助弥が参道を隔てたはす向かいの狐火の店頭を見張っている。

蓮蔵は歩き廻って疲れたのと、小腹が減って稲葉屋のそばを三枚も食って腹が満たされたのとで、部屋の壁に凭れて、こくりこくりと首をふっている。小さな鼾が、呼吸に合わせて気持ちよさそうに流れていた。

「利根川水運は、六百俵積の高瀬舟や平田船が銚子湊から利根川を帆走し、関宿をへて江戸川を下り、行徳から江戸へというのが主な航路です。ですが、諸大名の藩米の輸送や、豪商の扱う大量の干鰯などの肥料などとは別に、少量の荷物や急ぎの荷物など、例えば鮮魚などは、銚子湊からなま舟が仕たてられ、利根川の布佐へ運んで、布佐から荷馬に積み替え江戸道を通って松戸へ荷送し、松戸から再び江戸川の舟運によって江戸へと運ばれております」

田野倉の話は続いた。

「布佐ほどではないものの、利根川水運を利用する者が急ぐ場合、青山村の船着場より水戸道をとって松戸へ向かい、松戸からやはり江戸川舟運を使う輸送が行われてはおります。しかしながら、青山から我孫子、小金、松戸と荷送するのに、宿場の継立の制約があって、大量の荷を急ぎで松戸まで、逆に松戸から青山までというのは適さないのです。それが、青山から松戸を結ぶ大量の荷送を急ぎで請負う企てが持ちあがったのは、去年の夏ごろだったようです。急ぎの大量の荷を銚子湊より高瀬舟で青山村の船着場まで、ひと晩で帆走します。早朝、青山村で荷馬の背に積み替えて出立し、その夜のうちには松戸宿の江戸川舟運の船に積みこむのです」

「そりゃあ確かに、利根川をゆらゆらさかのぼって、また江戸川を下るよりは、だいぶ早そうだね」

「去年の夏、そのような企てが持ちあがっている話は、陣屋にも聞こえておりました。当然、我孫子、小金、松戸の問屋場のみならず、青山村の村役、そして何よりも金ヶ作の陣屋へも話を通して、お許しを得なければなりません。また、継立の荷馬と馬方の差配を問屋場より請け負っている請人にも、かかり合いのある企てですので、話をつけておく必要があります」

渋井はちぐはぐな目をいっそうちぐはぐにして、田野倉を見つめている。

「請人は、松戸や小金、我孫子の各宿場の問屋場より指図を受け、ひとりとは限らず、みな土地の荷馬と馬方をまとめる顔利き、すなわち、その土地を縄張りにする親分衆です。我孫子ですと、先ほど申しました根戸村の貸元の尾張屋源五郎と柴崎村の牛次郎が、継立の差配を任された請人です。我孫子宿は宿場を出てすぐに水戸道と高野山（こうのやま）道の追分があって、源五郎は高野山道の成田方面、水戸道を利根川渡船場の青山村へは、柴崎村の牛次郎が請人です。松戸宿なら小金と我孫子方面、流山と野田方面。小金宿なら我孫子方面、あるいは布施（ふせ）や中里（なかざと）方面、という具合です。そういう親分衆に話を持ちかけるのですから、持ちかけられるほうも、損得を天秤（てんびん）にかけながらも、こいつが言うなら少々譲っても損はない、と一目おく人物でないと企ては進みません」

「その人物が、根戸村の尾張屋源五郎なんで？」

渋井が言うと、

「そうです。尾張屋源五郎です。すなわち、源五郎の企ては、牛次郎が任されている我孫子と青山の継立に、割りこむ恰好になるのです」

と、田野倉はためらいなくこたえた。

「ははん、そいつは厄介な……」

「金銭であれ縄張りであれ利権であれ、異様なほどに執着心の強い牛次郎が、そんな話を持ちかけられて応じるはずがないのです。八左衛門の手下だった久寺家村の作男が申しますには、去年の夏ごろ、源五郎から話を持ちかけられた牛次郎は、今にも根戸村の尾張屋へ殴りこみをかけかねないほど怒り狂ったそうです。以来、源五郎と牛次郎の間が険悪になって、我孫子宿で両者の手下らが激しい口喧嘩や小競り合いを繰りかえし、これでは今に出入りが始まるのではと言われておりました。それが出入りにならなかったのは、陣屋の元締の桑山(くわやま)さまが、我孫子宿の問屋場の行事役に仲裁せよと、口を聞かれたのです」

「どういう仲裁になったんで？」

「出入りなどと不届きなふる舞いによって、住人に迷惑をおよぼすことは断じて許されない。双方とも自重すべし。この度の一件は、宿場間の大量の荷送を速やかに計るうえで、世のために有益な企てである。双方私利私欲を捨て、互いに譲り合い、前向きに事を進めるべし、というものでした」

「事を進めるべしでは、どちらかと言えば、源五郎側に有利な仲裁ですね」

渋井は、顎(あご)の無精髭(ぶしょうひげ)をなでながら言った。

助弥が田野倉の話を聞いて、ふむふむ、と障子戸の透かしから外をのぞいた恰好で頷いた。

「助弥も思うよな」

渋井は助弥にも言った。

「へい。源五郎側に有利な仲裁に聞こえやした」

そのとき蓮蔵が、があっ、と息を吸いこんで目を覚ました。

「おっと、危うく寝ちまうところだったぜ。ああ、危ねえ危ねえ。兄き、済まねえ。変わりやす」

蓮蔵が独り言を呟いて、障子戸の透かしのそばで胡坐をかくと、太短い首筋をぼりぼりとかきつつ欠伸をした。

渋井も田野倉も笑ったが、助弥は笑いを堪えて「頼むぜ」と言った。

「旦那、田野倉さん、茶を淹れ換えやす」

助弥は蓮蔵と代わって障子戸から離れ、二人の冷めた番茶の碗を、湯気ののぼる新しい碗に換えた。渋井と田野倉の前に碗をおき、おめえも、と蓮蔵のそばに碗をおくと、助弥自身も渋井と田野倉に加わり、番茶を喫した。そして、

「仲裁で、ごたごたは収まったんでやすか」

と、話の続きを促した。

「元締の桑山さまの肝煎ですから、表だった口論や小競り合いは収まりました。しかし、自分の縄張りも同然の青山までの水戸道を、源五郎にみすみす入りこまれるのを、吝嗇な牛次郎がただ臍を噬んで見ているだけで収まるはずがない、今に何か起こるに違いないと、我孫子宿では噂になっていたと、久寺家の作男は言っておりました。と申しますのも、牛次郎の女房の首吊りのあと、先代の八左衛門と杯事を交わした手下らが次々と杯をかえして離れていき、代わって、同じやくざ稼業でも生国すら隠しているような、兇状持ちかもしれない流れ者たちが、牛次郎の下に五人、六人と草鞋を脱いで、牛次郎の腹心、とり巻きになっていたのです。そういう流れ者の命知らずの手下らを指図して、牛次郎は何をやるかわからない男だと、宿役人の間でも言われてはいたそうです」

「ですが、仲裁を受け入れたなら、尾張屋の源五郎の企ては進められていったんじゃあねえんですか。陣屋の元締さまの肝煎じゃあ、牛次郎がいくら命知らずの手下らを腹心にしてたって、どうにもならねえんじゃあ……」

助弥は言った。

「ところが、冬になって桑山さまが卒中でお倒れになり、勤めを続けられず、江戸へお戻りになられたのです。そのあと、江戸のお代官さまより新たに遣わされた小曽木さまが陣屋の元締に着任なされました。新任の小曽木さまは、源五郎の企てに反対ではないものの、あまり乗り気でもない、そういうお立場の元締さまです。源五郎が引き続き企ての継続を申し入れたところ、小曽木さまは、慌てずともよい、同業者、すなわち、問屋場より継立の差配を任されておる請人らが納得のいくように進めよと言われたと、これは陣屋ではみな知っておることです。思いますに、新任の元締さまは、宿場間の継立などには、やむを得ない場合をのぞいて、従来の仕組みを変えたり新たな手だてを講じたりすることを、あまりお好みではないようです」

「じゃあ、小曽木さまが着任なさって、源五郎の企てはどうなったんですか」

「わたしは、先月下旬の源五郎が斃(たお)された一件の掛を命じられ、いろいろ訊きこみを続けているだけですので、源五郎の企てがどこまで進んでいたか、今もって詳しくは知りません。大雑把(おおざっぱ)に承知しているだけで、源五郎が亡きあとはどうなるかも、申すことはありません」

助弥は物足りなそうに、ふうん、と首をひねった。

渋井は、顎の無精髭を擦(さす)りさすり言った。

「田野倉さんは、青山村から松戸宿へ大量の荷送を速やかに計る企てと、それを言い出した源五郎が斬られた一件は、七郎次の問屋場の公金着服と欠け落ちにかかり合いがあると、睨んでいらっしゃるんですね」

田野倉は、はいとも、いいえとも言わなかった。

「かかり合いがあるのかないのか、何も証拠はありません。わたしの臆測です」

しばらく考えて、田野倉が言った。

「ただ、源五郎殺しの訊きこみで、二、三、聞けたことがあります。根戸村育ちの源五郎と我孫子宿育ちの七郎次は、歳は同じで幼馴染みでした。金物商の商いでも、源五郎の口利きで根戸村には顧客が多かったそうです。七郎次のほうも、貸元の源五郎が表には出づらい問屋場や陣屋の御用などでは、宿役人の立場でしばしば中立に入っていたと聞けました。このたびの青山村から松戸までの荷送の企ても、元締の桑山さまのお許しを得るための折衝は、七郎次が代人を務めておりました。ですから、源五郎が殺害されたときは、七郎次の慌てぶりは相当なものだったと……」

「なるほど。するってえと、田野倉さんは、根戸村の尾張屋源五郎を待ち伏せして斃したのは柴崎村の牛次郎の差し金じゃねえかと。だから七郎次は、牛次郎が次に源五郎の代人の自分を狙うに違いねえと恐れ、問屋場の公金を着服し、我孫子の店も商いも親類縁者も、故郷も人との縁も何もかも捨て姿を消したという見たてですね」

渋井は、田野倉を上目遣いに見つめた。

「何も証拠はなく、わたしの臆測で申しております」

田野倉はまた、考え考え同じことを繰りかえした。

「しかし、源五郎殺しの訊きこみをして感じたことがあります。柴崎村の牛次郎は、根戸村の源五郎を亡き者にして、継立の請人の利権を自分のものにしようと目論(もくろ)んでいると思えてなりません」

「田野倉さんの見たてを、上役に伝えましたか」

「むろんです。源五郎の一件も七郎次の一件も、調べは手附の亀田(かめだ)さまのお指図のもと行なっております」

「亀田さまはどのように？」

「臆測だけではだめだ。柴崎村の牛次郎を捕縛する確かな証拠がなければならぬと申されました。それから、新任の元締の小曽木さまは、やくざ同士の喧嘩騒ぎ、争い事は、住人に迷惑がかからぬ限り、勝手にやらせておけ。やくざ同士のもめ事やごたごたに、陣屋が口を出すことはないと、そういうお考えだとも。で、年が明けてから、源五郎殺しの調べはもうよい、七郎次の行方を追えと、お指図を受けたのです」

渋井は顎の無精髭を擦り、助弥は番茶の碗を持って、ふうん、とまた物足りなそうに首をひねった。

「あ、お八重が店頭に出てきた。ぽっちゃりして、愛嬌があって、いい女っぷりだな。あれでにっこり笑いかけられたら、その気になっちまうぜ」

蓮蔵が障子戸の透かしからのぞき、独り言を呟いた。

四

縁側ごしの庭に垣根や塀などの囲いはなく、庭の一角の棚に去年の糸瓜の蔓が干からびて絡まっていた。

庭からひと跨ぎほどの用水を隔てて、青い芽を出した畝が縞模様をつらねる麦畑が、東方の松林に蔽われた裏山のほうまで、いく枚も続いている。

その麦畑の間を、人ひとりが通れるほどの畦道が、山裾へほぼ真っすぐに通って、裏の松山は、小高い丘陵地というほどの山並が東から南へと、なだらかな起伏をつらねていた。

昼下がりのうっすらと靄のかかった空が、山並の向こうへ落ちている。

牛次郎の女房のお富が、あの松山で首を吊っているのが、柴刈りに入った村人に見つかったのは、もう五年ほど前だった。松吉とお富が消えてから、牛次郎は押しも押されもせぬ柴崎村と周辺を縄張りにする貸元になった。

そのために手間はかかった。けれど、まあこの五年、それなりの値打ちもあったじゃねえか、と牛次郎は庭ごしに柴崎村の田畑と松山を見遣って思った。

「親分、羽織を……」

「ああ」

小柄な巳ノ助が、痩身に長軀の肩へ、藍地に松葉小紋を散らした長羽織をそっとかけ、牛次郎は銀鼠の上衣の袖を通した。そして、羽織を指先で払って整える巳ノ助の手をにぎった。手をにぎられた巳ノ助は、にっと笑いかけ、

「鯖江さまが、お待ちです」

と、牛次郎の悪戯をたしなめた。

牛次郎は、下着の朱色が襟元と裾をひと筋に彩る衣装を整えた。薄柿色の足袋

をつけている。

「いくかえ」

と、庭ごしの村の景色から、部屋へふりかえった。

黒半纏の平六、朝太、房吉の三人が、牛次郎に合わせて立ちあがった。沼次が三人からひと仕種遅れて、天井に月代ののびた頭がつかえないように背中を丸めて、三人の後ろを影で蔽った。

宿の内証を出て、客の待つ部屋へ向かった。

荷馬の馬屋は一階の土間にあって、馬方らが泊まる寝床は二階である。大部屋を三つに間仕切して、馬方らは雑魚寝である。

馬屋から馬の嘶きが聞こえた。この刻限、荷馬と馬方はもう宿を出ているが、鯖江が金ヶ作の陣屋より乗ってきた馬が一頭、一階の馬屋に繋がれていた。

まだ冬の名残りの寒さが続くのに、もう銀蠅が羽音をたて飛び廻っていた。

段梯子を軋ませ、馬宿の二階へあがった。

大部屋のほかに、三畳と六畳の続き部屋がある。

鯖江はその六畳間に通っている。

三畳に入り、巳ノ助が間仕切ごしに言った。

「鯖江さま、親分でございやす。よろしゅうございやすか」

「入ってくれ」

素っ気ない声がかえってきた。

巳ノ助が間仕切を引き、三畳に着座した牛次郎と後ろの手下らが、六畳間の鯖江に手をついて低頭した。

「鯖江さま、遠路はるばるお疲れさまでございやした。このようなむさ苦しい店におこしいただきやして、お礼を申しあげやす」

「堅苦しい挨拶は抜きだ。まあ、近くへ」

鯖江は、野羽織に裁っ着け袴(ばかま)の旅拵(たびごしらえ)のまま、外の明るみが白々と映(は)える障子戸を背に、胡坐をかいて膳についていた。

膳には煮しめと焼魚、漬物に汁の椀(わん)を調(ととの)え、どんぶり飯が添えてある。

黒半纏の若い衆が徳利(とつくり)を手にして、膳の傍らについていた。

牛次郎に続いて、巳ノ助や男らが六畳に入り、鯖江に改めて辞儀をした。

「夜明け前に陣屋を出て、ようやく着いた。飯を食う間もなかった、腹が減って目が廻りそうだった。遠慮なく馳走(ちそう)になっておる」

鯖江は若い衆の酌を受けながら言った。

「生憎、こんな物しかございやせん。相済まねえことでございやす。前以てお知らせいただければ、支度をしておりやしたが……」

「山海の珍味を、味わいにきたのではない。腹が満たされればよいのだ。それより今日は、旦那さまより親分に伝えることがある」

「さようで。では」

牛次郎は酌をしていた若い衆を退らせた。

手下の平六が若い衆に代わって鯖江のわきへつき、「どうぞ」と酌をした。

酌を受けた鯖江は、牛次郎の廻りの手下らを見廻し、小山のような沼次に目を留めた。鯖江は薄笑いを口元に浮かべて言った。

「まことにでかい。沼次の巨体を見るたびに、同じ人かと思う。それに、ここは女っ気がない。この顔ぶれを見ていて、牛次郎さんの好みがわかる」

鯖江は沼次から巳ノ助へ、意味ありげな一瞥を投げた。

「元締さまのご伝言をおうかがいする前に、何とぞ、元締さまに。新年の、ご挨拶代わりでございやす」

牛次郎は、巳ノ助に目配せした。

「へい、どうぞこれを」

巳ノ助は小盆に黒地の小布の包みを載せ、鯖江の膳の傍らへ押し進めた。

鯖江は小布の包みを、片手で素っ気なく解いた。二十五両のひと包みが、障子戸ごしの明るみに鈍く映えた。

「相わかった。旦那さまにおわたししておく。旦那さまに代わって礼を申す」

「それからこれは鯖江さまに、いつもお世話になっておりますあっしの、ほんの気持ちでございやす。どうぞ」

と、牛次郎はもうひとつ、白紙の包みを添えた。

「お心遣い、痛み入る」

「いいえ。元締さまにお目をかけていただき、これっぱかしのことしかできねえのが心苦しいくらいでございやす。不肖、牛次郎、お亡くなりになった根戸村の尾張屋源五郎さんのご遺志を継がせていただけやした暁には、元締さまのご期待に背かぬよう、身命を賭してやり遂げる所存でございやす。何とぞ、元締さまによろしくおとりなしをお願えいたしやす」

「親分の要望は、旦那さまも心得てはおられる。ただ、その件については、懸念がないわけでもないのだ。じつは、旦那さまより親分に伝える話は、それについてでな……」

鯖江は煮しめの里芋を咀嚼した。

去年の十月初旬、金ヶ作陣屋の元締・桑山達之進が卒中で倒れた。一命はとりとめたが、桑山は身体が不自由となり、元締を務めるのは困難だった。

江戸に帰った桑山に代わって、同じ十月の下旬、江戸の代官所より新たに遣わされた元締が、小曽木敦之であった。

小曽木は着任早々、前任の桑山が進めてきた、利根川舟運の荷を青山村から水戸道をへて松戸宿まで陸送し、松戸から江戸川舟運で江戸へ、という根戸村の尾張屋源五郎が唱える新たな荷送手段の企てに疑念を呈した。

小曽木は、これまで続いてきた慣例を無闇に変更するのはいかがなものか、これまで通りでよいのではないか、という気質の元締だった。

我孫子宿の問屋場で、視察にきた元締の小曽木に、根戸村の尾張屋源五郎と柴崎村の牛次郎は、問屋場の土間につくばってそろってお目通りを許された。

その折り、新たな荷送手段の企ては、急がずともよい。今一度、当事者で協議を重ねるべしと、小曽木が言って、前任の桑山より後ろ向きの姿勢を見せた。

牛次郎はそれを、状況を一変させる好機と捉えた。むしろ逆に、この元締と誼を結べば、源五郎の企てた青山村と松戸宿間の新たな荷送手段を、源五郎ではなく、自分が一手に請け負うことができると見こんだ。

元締にお目通りがかなったのち、牛次郎はあらゆる手蔓を使って、小曽木へ就任祝いの品々に金百両を添えて送った。

この百両が、いずれは、二倍三倍どころか、五百両、千両となってかえってくると、牛次郎は勘定をたてた。

そしてその見こみ通り、数日後の十一月の上旬、小曽木の命を受けた鯖江が、柴崎村の牛次郎の馬宿を、供も従えずひとりで訪ねてきた。

「親分のお心遣い痛み入ると、旦那さまの仰せでござる」

鯖江は小曽木敦之の家臣、すなわち使用人で、陣屋の役人ではなく、元締の小曽木の代人だった。牛次郎は鯖江より、陣屋へ要望や嘆願(たんがん)があれば、前向きに検討いたすゆえ申し入れよ、と元締の意向を伝えられた。

あれからはや、二月(ふたつき)余がたっている。

「ほう。どのようなご懸念でございやすか」

牛次郎は憂い顔を作って鯖江に言った。

鯖江は、里芋を咀嚼する音をたてながら言った。

「親分、まことに言いにくいのだがな。年の瀬の尾張屋源五郎殺害の一件だ」

「はい。尾張屋源五郎さんが災難に遭われた一件で、元締さまがご懸念をなさるような事情が、なんぞ判明したんでございやすか」

「そういうわけではない。だが、源五郎の一件を、陣屋の手代が探索いたしておることは承知しておるな」

「それはもう、当然、陣屋の入念なお調べがなされ、一刻も早く源五郎さんを手にかけた下手人が捕えられ、我孫子宿のみならず、周辺のわれら村の者らも枕を高くして眠ることができるようにと、願っておりやす」

「掛は、田野倉順吉という若い手代だ。元は中根村の百姓で、父親が陣屋の手代にお雇となり、倅の順吉も父親の手代を継いだのだ。お役目ひと筋の生真面目な男で、源五郎の一件を熱心に調べ廻っておった」

「おった、とは今は田野倉さまは掛ではないのでございやすか」

「掛は掛なのだが、今は別の調べに廻っておるそうだ。むろん、田野倉の上役がいて、その上役が調べを続けておると聞いている」

「田野倉さんと上役の亀田さんは、覚えておりやす。源五郎さんが斬られた翌々日でございました。お二人で柴崎村までわざわざ足を運ばれ、あっしらにも尾張屋源五郎さんとのかかり合いを、いろいろとお訊ねになりやした。あっしとここにいる五人が、おこたえいたしやした。おめえらも、亀田さんと田野倉さんを覚えているな」

「へい、と五人は声をそろえた。

「鯖江さま、どうぞ」

平六が鯖江の杯に徳利を傾けた。一匹の銀蠅が煩わしい羽音をたてていた。平六は銀蠅が鯖江に集らぬよう、とき折り手を煽いで払った。

「亀田と田野倉に、どんなことを訊かれた」

鯖江は言って杯をあおり、どんぶり飯をかきこんだ。

「ごくあたり前の源五郎さんのことを、お訊ねになっただけでございやす。源五郎さんが災難に遭われた当夜の刻限、あっしらがどこで何をしていたかとか、源五郎さんとあっしが、確執というのじゃありやせんが、新たな荷送手段の企てに互いの考えの食い違いがあって、前任の元締の桑山さまが仲裁に乗り出されるまで、うちの若い衆と源五郎さんの若い衆の間で、小競り合いや険悪な睨み合いがあったのも確かだとか、そんなおこたえをいたしやした。それから、小曽木さまが桑山さまのあとに元締に就かれてからは、小曽木さまの公正なお指図がございやして、今はそのようなもめ事いざこざの類は、一切ございやせんとも申しやした。亀田さんも田野倉さんも、納得してお戻りになられやした」

「あの夜、尾張屋源五郎は囲っていためかけの店から戻りの、我孫子宿はずれの上坂で賊に襲われたのは知っておるな」

「そりゃあもう、うちの者はみな知っておりやす。冷たい風の吹く夜でございやした。源五郎さんは手下も連れず、おひとりだったんでございやすね」

「親分と、手下らはあの夜どうしてた」

「たまたま、あの日は夕方から若い衆らを集めて、酒宴を開いておりやした。年の瀬で慌ただしい日が続いておりやしたんで、息抜きにみなで一杯やるかと。もっとも、女っ気は下働きの婆(ばあ)さんぐらいですから、この通り、むさ苦しい男ばかりでございやすがね」

牛次郎は甲高い笑い声をたてた。

「ただし、東願寺さまのこっちのほうは……」

と、牛次郎は賽子(さいころ)をふる仕種をして見せた。

「お客さんがおりやすんで、酒宴どころじゃあありやせんが」

「賊は、源五郎の懐に一切手をつけていなかった。追剝強盗の類(たぐい)の仕業でないのは明らかだ。追剝強盗の類でなければ、尾張屋源五郎に意趣遺恨を持つ者か、損得勘定のからんだもめ事やいざこざを抱えている者の仕業か、ということだ。親分、気を悪くせずに聞いてくれよ。生真面目な田野倉の疑いの目は、去年の夏ごろから、新しい荷送手段の企ての一件に縄張りやら利権やらがからんで、源五郎ともめていた親分に向いた、というわけだ」

「それは、いた仕方がねえと、承知いたしておりやす。亀田さんと田野倉さんが、柴崎村までわざわざお見えになられたのも、そのような疑念をお持ちだからでございやしょう。田野倉さんの疑念は、もっともでございやす。ひとえに、あっしの不徳のいたすところでございやす」

巳ノ助ら五人は、むっつりとして牛次郎の話を聞いていた。平六がとき折り、鯖江の廻りをうるさく飛び廻る銀蠅を、手で払っている。

「しかしながら、ひと言申しやすなら、源五郎さんに意趣遺恨、損得勘定のもめ事いざこざをかかえているのが、あっしひとりってえのは解せやせん。このたびの企ての一件に、縄張りやら利権やらがからんだもめ事いざこざというのは、あっしと源五郎さんが、継立の請人を任されている我孫子宿のみならず、小金宿、また松戸宿の請人の親分さん方とも、大なり小なりあったと、聞いておりやす。あっしひとりに疑いの目を向けるってえのは、決めつけと申しやすか、手抜かりなんじゃあ、ございやせんでしょうかね」

「源五郎殺しは我孫子宿で起こった。だから、どうしても親分に疑いの目が向くのだ」

「これでございやすね」

と、牛次郎は指の長い白い手で廻りを見ない左右をふさぐ仕種をした。

しかし、鯖江は汁を音をたてて吸い、話を変えた。

「親分は、先代の貸元の娘婿で、柴崎村の縄張りを継いだそうだな」

「へい。八左衛門親分の跡とりの倅がまだ幼くて、跡とりが前髪をおろすまでのつなぎの貸元のはずでございやした。ところが運命の廻り合わせと申しやすか、いろいろと不幸な事情が重なり、今もあっしが八左衛門さんの縄張りを預からせていただいておりやす」

「跡とりは災難に遭って亡くなり、親分の女房が首をくくったあと、八左衛門のころからいた手下らが、次々と杯をかえしていったらしいな」

「杯事を交わした親分子分と言いやしても、所詮は明日をも知れぬやくざ渡世でございやす。血のつながった親子でさえ、離れ離れになることもありやす。ですが、残っている手下もおりやす。そうでもありやせんよ」

牛次郎は、歪めた口元に薄笑いをにじませた。

「田野倉は、八左衛門の手下だった者らに、源五郎殺しにからんだ事情を、聞き廻っているようだ。それから、親分が八左衛門の縄張りを継いだ経緯などもな」

「そんなやつらに訊いて、何がわかりやすか。どいつもこいつも、年寄りばかりですよ。的はずれの調べをいくらやっても、下手人が捕まるとは思えやせん。さっきも申しやした。あっしらはあの夜、この店でみなで酒を吞んで騒いでおりやした。証人はいくらでもおりやす」

「手をくだすのは、人にやらせればできることだ」

「元締さまのご懸念は、そのことでございやすか」

「大晦の朝、我孫子宿の七郎次という宿役人が、問屋場の公金を着服して姿をくらました。その一件は存じておるな」

「存じておりますとも。七郎次は、我孫子宿で金物商を地道に営んできた商人ともも聞いておりやす。それが公金を着服し、国を捨てて欠け落ちとは、人はわからねえもんでございやす」

「七郎次は、源五郎と幼馴染みだったらしい。源五郎は根戸村の生まれ。七郎次は我孫子宿の生まれで、歳も同じだ。源五郎はやくざの貸元。やくざの貸元が、陣屋の元締さまとかかり合いなど、あるはずはない。と申すのは表向きで、尾張屋源五郎は、前の元締の桑山さまとじつは懇意の間柄だった。桑山さまと源五郎の間をとり持ったのが宿役人の七郎次だと、それも知っていたかい」

「真偽は存じやせんが、噂は聞いておりやした。去年秋、桑山さまの肝煎で、源五郎さんとうちのもめ事に仲裁が入った折り、桑山さまが源五郎さんに贔屓をしているのは明らかでございやした。しかし、桑山さまは元締さまでございやす。元締さまの顔を潰すわけにもいかず、不承不承でしたが、手打ちにいたしやした。そのときから、七郎次さんも裏でだいぶかかわっていらっしゃるんだろうなと、思っておりやした」

「田野倉が、上役の亀田を通して、七郎次の出奔は、尾張屋源五郎殺しの一件とかかり合いがあって、七郎次は源五郎と同じ目に合うことを恐れて姿をくらましたと、旦那さまに報告をあげた。で、その報告に、源五郎殺しの下手人は柴崎村の牛次郎と見るのが、もっとも筋が通っていると添えてあったのだ」

「ふん。証拠もねえのに」

「証拠がないと、なぜ言える」

「証拠があれば、あっしはとうに、お縄になっているんじゃございやせんか」

「旦那さまは、証拠もないのに、推量だけで先走ったことを申してはならぬ、地に足をつけて確かな務めに励め、と亀田に仰せられた。そののち、田野倉は七郎次の行方を追って、江戸へいかされた。まあ、源五郎殺しの探索からはずされたも同然だ。だから親分、安心してよいぞ」

「ご冗談を。からかっちゃあ困りやす」

けたけたと、牛次郎の笑い声が甲走った。

「旦那さまは、親分を買っておられる。そのように生まれた定めとは言え、やくざの貸元で終らせるには惜しい男だと。このたびの新しい荷送手段の企ても、企てた源五郎がいない今、牛次郎がそれを望むなら牛次郎に任せてもよいと、お考えのようだ。ただし、それは問屋場より継立を請け負う確かな請人と認めておられるからであって、柴崎村とそこらを縄張りにする貸元だからではない。万万が一だ、田野倉が推量するような不届きな仕業に親分がかかわっていたと疑われるような事態があれば、旦那さまは元締として厳正に対処いたすゆえ、そう心得よと仰せだ。旦那さまは、やくざ同士のもめ事いざこざは、やくざ同士で方をつけよとお考えだ。わかるな、親分」

「元締さまのありがたきお言葉、不肖・牛次郎、肝に銘じやす」

牛次郎は、恭しく頭を垂れた。

鯖江はどんぶり飯をかきこみ、汁をすすった。そして、

「ああ、食った」

と、椀や箸を膳に乱雑に戻した。食べ散らしたどんぶりや皿が鳴った。口元を掌でぬぐい、噯をひとつもらした。杯を平六に差し出し、徳利に少し残った酒を注がせ、ひと息に呑み乾した。

「用はそれだけだ」

「鯖江さま、今日の宿はどうなさいやすか。これから発っても、陣屋に着くのは真夜中になりやすぜ。こちらにお泊りなら、そのように支度をいたしやす」

「ここは柄の悪い馬方らが泊って騒々しいし、馬屋も臭うし蝿も飛び廻っておる。今夜は我孫子宿に宿をとるよ。ではな」

鯖江はさっさと帰り支度を始めた。

牛次郎と手下らは、街道まで出て鯖江を見送った。

背裂の野羽織に裁っ着け袴に両刀を帯びた鯖江は、馬上にゆられ、我孫子宿のほうへ戻っていく。かぶった編笠が、ほろ酔いにふらりふらりと躍っていた。

「ふん。意地汚ねえ食い方をする男だね。二本を差しているけれど、あれで本物の侍なのかね。どこで拾ったんだい。怪しいね」

　牛次郎は、だいぶ離れた鯖江を見遣って吐き捨てた。

「巳ノ助、五十両はもう見きりをつけるしかないね」

　巳ノ助は、牛次郎のすぐ後ろに近づき、小声で訊きかえした。

「南吉と又造を、始末するんですね」

「これ以上長引かせるのは、拙いようだね。跡形もなく、消すんだよ。死んだかどうか、それもわからねえように、面倒な野郎はどいつもこいつもいなくなる。そういうことさ」

「南吉が五十両預けた相手が、陣屋に訴え出たらどうしやすか」

「だからって、なんともなりやしねえさ。当の南吉が姿を消して行方知れずなのに、お調べも糞もあるもんかい。放っときゃいいよ」

「それに、こっちには元締の小曽木さまがついておりやすし」

　巳ノ助は即座に言った。

「小曽木さまには何かと要り用が続くが、仕方がないよ。後ろ盾がないと、首筋に冷たい風が吹きかねないよ」

「となると、又造の三百両と唐木市兵衛も同じに」

「三百両の金額に、ちょいと舞いあがった。落ち着いて考えたら、あの間抜け面の又造に、三百両の値打ちがあるわけがねえ。あんな話を真に受けたら、大怪我どころじゃ済まねえ。当然、唐木市兵衛も一緒に始末する。あいつ、別にどうってことのねえ素浪人だけど、妙に癇に障る。旗本の血筋だろうが隠密だろうが、消えていなくなりゃあみな同じ。上がりのない廻り双六のやりなおしってえわけさ。巳ノ助、三人一緒に段どりをつけな」

「承知しやした。人数は。唐木は素浪人でも二本差しですぜ」

「ふん。どうせ坊主剣法じゃねえか」

そこで牛次郎は、後ろの小山のような沼次に言った。

「沼次、昨日、江戸からきた素浪人を覚えているね」

沼次の太い声が、ああ、とかえってきた。手下らの頭の上にある沼次の大きな顔が、ぼうっと南の空を仰いでいた。

水戸道を南へ、鯖江が馬にゆられて遠ざかっていく。

「唐木を江戸には帰さねえ。おめえが殺るんだよ。好きなように可愛がって、ひとひねりしておやり。いいね」

「楽しみだ」

沼次は事もなげに言った。

「そういうわけだから、巳ノ助、明日の夜明けまでに、全部、あと腐れがないように、ちゃっちゃっとね」

「へい。あっしらはいつでも」

巳ノ助は言い、平六、朝太、房吉へ目配せし、沼次を見あげた。そして、

「今夜だぜ」

と、沼次に声をかけた。

「任せろ」

沼次は南の空をぼうっと見ながら、また言った。

五

ゆるやかな利根川の流れは、天道の光を水面（みなも）にちりばめていた。

対岸の取手宿の河岸場に、帆をおろした二艘の高瀬舟が舫（もや）い、下帯に袖なしの半纏をまとっただけの人足らが、船上の荷を降ろしていた。人足らが荷物を担い

でいくかけ声や息遣いが、かすかに聞こえてくる。

葦を山積みにした川船が、川下へと下っていく。

渡し船の船着場から、松林が帯になった波除堤まで芝原河原が広がって、数羽の白鷺が舞っていた。

取手宿の新町の家並が、波除堤の先に見える。

家並はさらに先の高台のほうまで続いて、繁華な宿場の様子がうかがえた。

やがて、艫の船頭が櫓を棹に持ち変え、取手宿の船着場に船を寄せた。船縁が歩みの板に、ごとごと、と擦れた。

渡し船が止まると、両天秤の行商、馬子と荷馬、引き廻し合羽に行李を背負った旅の商人、手拭を姉さんかぶりにして三味線袋を抱えた瞽女ふうの二人連れ、道中差にふり分け荷物の旅人、と続いて歩みの板へあがっていった。

市兵衛は船客のあとから、芝原の間を波除堤まで真っすぐに延びた石ころだらけの道を、宿場のほうへとった。

芝原河原の道端の掛茶屋が、葭簀をたて廻し、小あがりの板間と土間に縁台を並べている。たて廻した葭簀の間から、白い煙が茅葺屋根に上っていた。

川敷を隔てる波除堤の段々を越えてすぐ、往来の両側に旅籠や茶屋、料理屋、方よりかかった。

そのほかの表店がつらなって、まだ昼をすぎたばかりだが、客引きの声が彼方此方(あちこち)よりかかった。

このあたりは、取手宿の新町と言われている。

宿場の家並が高台へと続く道をいき、堤通りに出た。

取手宿から水戸へ、次の宿場は北の藤代(ふじしろ)へ一里半である。

市兵衛は、堤通りを東へとった。

宿場の家並が終り、南側は利根川の川敷、北側は木々に蔽われた小高い山のような台地と、台地の山裾に村の集落の屋根がつらなっている。高い板塀を廻らせた土蔵造りの店や、分厚い茅葺屋根の豪農の大きな屋敷もあった。

田畑は、集落のずっと先に広がっている。

長禅寺らしき堂宇(どうう)の茅葺屋根が、台地の木々が囲う一角に見えていた。

市兵衛は堤通りを下って集落を抜け、長禅寺の山門を見あげる山裾に出た。山肌に長く急な石段が上っていた。

石段を上ると、入母屋(いりもや)茅葺屋根の重層の山門があった。山門の上層には梵鐘(ぼんしょう)が吊るされていて、山門にかけられた《大鹿山(おおしかさん)》と記した扁額(へんがく)が読めた。

山門から、眼下に利根川と彼方(かなた)の青山村の景色までが一望できた。利根川の紺青の水面を、帆に川風を孕んだ高瀬舟が、動いているのがわからないぐらいにゆっくりと下っていた。

市兵衛は長禅寺の山門をくぐった。

四半刻後、長禅寺の狭い僧房の一室に、市兵衛は朱恵と対座した。

墨染めの衣をまとった朱恵は、二十七歳。長禅寺の修行僧である。綺麗に剃髪した頭が艶やかに光って、少年のころの面影を思わせる初々しい赤みが、その白い頰にほのかに差していた。

狭い僧房に火の気はない。

連子窓のそばに文机と、数冊の経が重ねてあった。

明障子を閉てた連子窓ごしに、庭の鳥の囀りが聞こえていた。けれど、寂とした境内の静けさの妨げにはならなかった。

朱恵は、茶托に蓋つきの碗の煎茶を市兵衛にふるまった。

それから市兵衛と対座し、細い小枝のような指をそろえ、艶やかな頭をなでながら、しばし、考える間をおいた。

「南吉はいつも、ひとりでした。わたくしも同じく、ひとりでした。南吉もわたくしも、村の子供らの仲間はずれになっていたのではありません。おっ母さんが自分を捨てたそのわけが、おぼろげながら子供心にわかってきて、自分はいらない子だったと気づかされるのです。おっ母さんに捨てられた子供の胸の中には、なんにもない暗く大きな穴が空いていて、幼い子供は、その穴ばかりを毎日のぞいているのです。悲しくて、苦しくて、つらいだけだとわかっているのに、のぞかないではいられないのです。そんな子供が、村の子供らと一緒に遊んでも楽しいはずがありません。両掌に掬いとった水がたちまち零れてしまうように、楽しいことも面白いことも、歓喜も無邪気な昂ぶりも、おっ母さんがいなくなったあとの暗く大きな穴の中へ、果敢なく消えていくのですから」

　仏門に入って朱恵と法名を授けられた青山村の竹弥は、幼さの残るほのかな赤みの差す相貌を、市兵衛に向けた。

「南吉とわたくしは、少し違います。ですが、わたくしもおっ母さんにはいらない子供でした。わたくしを産んだ母親が亡くなり、お父っつぁんが迎えた後添えのおっ母さんにひどく疎まれたのです。惣領の兄がおり、わたくしは二男でした。新しいおっ母さんがきて、弟が生まれたのです。弟が生まれてから新しいおっ母さんは、わたくしを邪魔に思ったらしく、とても邪険にされました。惣領は仕方がないとしても、二男のわたくしがいては、三男の自分の子が浮かぶ希は少くしが六つ七つのころでした。お父っつあんにわたくしを気味の悪い子だと訴えていたのを、聞いたことがあります。物心つくかつかぬかのころ亡くしたおっ母さんのことを思い出して、はっきりとは覚えていないのに、めそめそとよく泣く子だったからかもしれません。そういう子の気持ちが、唐木さんはおわかりになりますか」

「わたしの母は、わたしを産んで亡くなったのです。わたしは母の顔を知りません。父は母を知らぬわたしを憐れに思い、愛おしんでくれました。それが救いでした。わたしは、父が四十をすぎてからの子です。わたしが十三歳のとき、父は亡くなりました」

市兵衛はこたえた。

竹弥はひと重のきれ長な目を、大きく見開いた。

「そうでしたか。おっ母さんを知らずに育ち、お父っつあんは十三歳で。それからどのように……」

市兵衛はためらいつつ続けた。

「父の跡を継ぐ兄がおりました。わたしは兄の継いだ家を出て、母方の祖父の唐木忠左衛門を烏帽子親にして元服し、唐木市兵衛と名乗りました」

「十三歳のときにですね。それから？」

「上方へ上り、奈良の興福寺に入門いたしました」

「えっ、興福寺？　法相宗の……な、なぜなのですか」

「十三歳のあのとき、自分の居るべき場所を探すことしか、考えられませんでした。自分を見つけるために、無我夢中でした」

「見つかったのですか」

市兵衛は竹弥に頰笑みかけ、

「朱恵さん、どうぞ、南吉さんの話を続けてください」

と言った。

そうでしたね、という様子で竹弥は頷いた。

「南吉もわたくしも、村の子供らの遊び仲間に入ることができず、いつもひとりだったのです。子供の心は、疵つきやすく、壊れやすく、だからこそしなやかに通じ合えるのでしょうね。これというきっかけなどありません。たまたまいき合い目が合って、南吉もわたくしも、ひとりでぽつねんとしているのですから、互いに自分自身を見ているような慣れ親しんだ情を覚えたのです。南吉とすぐに打ち解けることができたのは、そうとしか思えません。南吉とわたくしは、やあ、とか、うん、とか声をかけ合い、ずっと前から親しい仲であったかのように、二人だけのときを過ごすようになったのです。利根川の芝原河原をどこまでもどこまでも彷徨い歩いたり、山に入って鳥を見にいったり、夏は流作場の沼で魚獲りをしたり泳いだりもしました。雨の日などは、八幡神社の社殿の縁の下にもぐりこんで、雨垂れが落ちるのを厭きもせず見ていたこともありました。あのとき、飛び散る雨垂れの水飛沫が生き物に見えたことを、覚えています。おっ母さんのことは、南吉はひと言も話さなかったのです。話すのは、お父っつあんのことと婆ちゃんのことだけで、ほかのことは何も。わたくしも、新しいおっ母さんのことは話しませんでした。南吉と一緒のときは、新しいおっ母さんのことは、思い出したくなかったからです」

「山門には、いつ入られたのですか」

「入門したのは、十五歳のときです。おっ母さんに疎まれて無理矢理家を出されたのです。けれど、いずれはお父っつあんに頼んで、分家して小さな田んぼを耕していくつもりでしたので、御仏に帰依するのもよい機会かなと思え、出家することは少しも苦痛ではありませんでした。むしろ、わたくしにはよかったと、十五歳のときも今も思っています」

「では、南吉さんとの仲は、十五歳のそのときまで……」

「南吉は十二、三のころからお父っつあんや婆ちゃんと一緒に百姓仕事を始めていました。身体はまだ子供でも、なんだか大人びてきて、何をする、何をしようか、とほんの少し前まで二人のときが楽に流れていたのに、ある日不意に、気持ちのすれ違いを感じるようになったのです。仲違いをしたとか、二人でいるときが苦痛になったとか、そういうのではありません。南吉は、米や麦や、畑作物の収穫や、名主さまの田んぼの小作働きの様子などを話し、わたくしはうちの土蔵に仕舞ってあった古い双紙などを読んでいて、それを南吉に語って聞かせました。互いに話をちゃんと聞いてはいるのです。けれど今にして思えば、互いの話にそれほど関心がないことにあるとき気づいても、十二、三から四、五のその二、三年に心も身体も急に変わっていく自分には気づかず、なんとはなしに前のようには会う機会が少なくなった、そんな感じです」

朱恵はひと区切りをおいて、連子格子(ごうし)の窓へ目を遊ばせた。庭の鳥が囀り、境内の静寂に溶けていった。

そのとき、僧房のどこかで板木(ばんぎ)が打たれ、廊下を踏むざわめきが聞こえた。

「お務めが始まるのですか」

「そうではありません。よいのです。お客さまが見えていることは、師に伝えてあります。急な用であれば、誰か呼びにきます」

板木はすぐに鳴り止んだ。

朱恵は、板木が鳴り止むのを確かめる間をおいてから続けた。

「十五歳のとき、南吉の婆ちゃんが亡くなりました。婆ちゃんはいなくなったおっ母さんの代わりでした。南吉はさぞかし悲しかったでしょうね。お父っつあんと二人きりの寂しい暮らしになって半年後に、わたくしがこの長禅寺に入門すると決まったのです。出家をすると伝えますと、南吉はぽろぽろと大粒の涙をこぼして、おれはご先祖さまの田んぼと畑を継いでいかなきゃならねえから、この村を離れるわけにはいかねえと、悲しそうに言っておりました。わたくしには強がっていましたが、南吉は気だてが優しくて、身近な者への愛着が強い男です。南吉はわたくしの、ただひとりの幼馴染み(おさななじみ)です。悲しみや苦しみ、つらさをわかり合えた、分かち合えたわが友です。あれから、はや十二年目の正月がきました。南吉は、間違いなく、いい百姓になると思っていたのに。女房を迎え、子ができて、いい亭主、いい父親になると思っていたのに……」

「出家をなさってから、南吉さんと会われたことはありますか」

「修行僧ではあっても、出家の身です。気やすく俗世の友に会いにいくというわけにはいきません。七年前の南吉が二十歳のとき、青山村の流作場に利根川の大水が押し寄せ、葭原畑の葭を刈っていた百姓が大勢流され亡くなりました。その大水で、南吉のお父っつあんが流され、亡くなったと、あとになって知ったのです。矢も楯も堪らず、師の許しを得て、南吉の店を訪ねました。南吉に会ったのは、五年ぶりでした。南吉がまだ小さな子供だったころ、爺ちゃんと婆ちゃん、お父っつあんとおっ母さん、そして南吉の五人が暮らしていた店に、たった独りで暮らしておりました。托鉢僧のわたくしを見て、南吉はすぐに、竹弥か、と呼びかけてきました。けれどわたくしは、南吉を見て別人かと思ったのです。南吉は、月代がのびて無精髭をうっすらと生やしておりました。それでも、痩身に人並み以上に背が高く、凛々しい若い衆だったからです。わたくしは、五年会わない間に、南吉がこんな若い衆になっていたのかと、驚きました。幼馴染みの南吉とは思えなかった。南吉、本途に南吉か、と訊きかえしたほどです」

竹弥は市兵衛との間の畳に目を落とし、艶やかに剃髪した側頭に指の細い手を添え、しばし考えた。

「あのときは、南吉はまだ決して挫けてはいず、とうとう自分ひとりになってしまったけれど、仮令、小百姓の小さな田畑でも、ちゃんと受け継いで守っていく覚悟だと、わたくしに力強く言っておりました。でも、南吉はお父っつあんから受け継いだ田畑を守れなかったのです。南吉の所為ではありません。不運が続いたと、噂を聞きました。誰にでもあることです。小さな田畑しか持たぬ百姓は、一度縮尻ると、なかなかとりかえしがつかないのです。南吉が自作の田畑を失って、小作働きの身に落ちていると噂を聞いたのは、三年ばかり前です。一度小作に落ちた百姓が、自作に戻るのはむずかしい。わたくしも百姓の家の生まれですから、わかるのです。それを聞いて、なんと理不尽なと、思いました。南吉はさぞかし悔しい思いをしているのだろうなと、胸が痛みました」

「南吉さんが、名主さんの小作になったと、青山村で聞きました。南吉さんは、今はもう青山村の店も捨てて、柴崎村の牛次郎という貸元の手下になっていると も聞いています。それもご存じでしたか」

「南吉が青山村から逃げたとか、柴崎村の牛次郎さんの賭場に入り浸っているとか、耳を疑う話を聞いたのは、一昨年の田んぼの収穫のころです。まさかと、吃驚しました。でも、可哀想にとも思いました。なんだか、みなで寄って集って南吉を踏みつけにしたから、そうするしかなかったのではないのか。南吉の所為ではないと、思えてなりませんでした。半月ほどして、托鉢に出たときに青山村の南吉の店を訪ね、あばら家同然に荒れ果てた店のあり様に、言葉がありませんでした。南吉が本途に村を捨てたのだとわかって、わたくし自身の身体の一部を捥(も)ぎとられたのだと、思い知りました」

朱恵は眉をひそめ、市兵衛との間の畳へ、怒りを抑えるかのように凝(じ)っと目を落とした。

「そのあと、青山村の里のお父っつあんに会って、南吉がなんでこんなことになったのかと、訊ねました。お父っつあんは言いました。南吉の母親は、腹を痛めたわが子と亭主を捨てて男と逃げた、性根の曲がった淫(みだ)らな女だった。南吉は賭場で身を持ち崩し、やくざに落ちぶれた。親類縁者にも近所にも迷惑をかけたが、そんなことはおかまいなしだ。あれが、母親の曲がった性根を継いだ南吉の正体だ。南吉は今に村を追われ、無宿に落ちて野垂れ死にだ、全部てめえの所為だ、全部てめえのまいた種だと……嗚呼(ああ)、むごい」

と、声を絞り出した。

「わたしは又造に会う用を、又造の父親より託(ことづか)っております」

市兵衛は言った。

「先ほど申しましたが、又造は遅くともこの正月朔日には、南吉さんを訪ねてきているはずです。わたしは、南吉さんのところに又造がいるとばかり思っていたのですが、そもそも、南吉さんの居所が不明なのです。青山村でも、柴崎村の貸元の牛次郎さんのところでも、南吉さんの行方も、一緒にいるはずの又造の行方も知れません。どこかで二人を見かけたという話すら聞けないのです。今日はもう正月八日です。まさかとは思うのですが、二人でこっそりと旅だったのでしょうか。朱恵さん、何かお心あたりはありませんか」

朱恵は、しばし、考える間をおいた。そして言った。

「南吉は、旅だってはおりません。必ず、青山村か柴崎村のどちらかにいるはずです。どこかに身を隠しているのか、もしかして……」

六

からからの北風が年の瀬の昼間も夜も吹いて、黄色い砂埃を舞いあげた。

三日前の夜、その北風が吹く水戸街道我孫子宿はずれの上坂で、根戸村の尾張屋源五郎という貸元が賊に襲われ命を落とした事件が、利根川を越えた長禅寺の朱恵にも聞こえていた。
四、五ヵ月前から、柴崎村の貸元の牛次郎と根戸村の尾張屋源五郎が、宿場の継立を任される請人の、新しい利権をめぐって争い、今に大きな喧嘩騒ぎが起こるのではないかと、噂が伝わっていた。
朱恵は、青山村の幼馴染みの南吉が、柴崎村の牛次郎の手下になっていると前から聞いていたので、南吉の身を案じた。

その年の瀬の夜ふけも、吹きつける北風が、境内の木々を騒がせていた。

朱恵は一灯の明かりを頼りに、一巻の涅槃経（ねはんぎょう）を、連子格子の下の文机でひもといていた。小さな火桶が、深々とした夜ふけの冷気から、朱恵の僧房を防いでいた。連子格子に閉てた障子戸が、風に打たれて震えていた。

明日も早朝より務めが始まる。そろそろ、と思ったときだった。

「竹弥……」

ひそめた呼び声が、庭の風の音の中に聞こえた。それから、連子格子が、こんこん、と叩（たた）かれた。

竹弥、と呼ばれ、あっ、と思わず声をもらした。

「竹弥。いるか」

また声が聞こえた。

「誰」

竹弥もなぜかこえをひそめて、障子戸ごしに聞きかえした。

「南吉だ。青山村の……」

風の騒めきに紛れていても、確かに聞こえた。

「南吉、南吉なのか」

竹弥は行灯を持ちあげ、連子格子の障子戸を引いた。冷たい風が格子の隙間から僧房へ吹きこんできた。行灯の火はゆれながらも、懐かしい南吉の顔を格子ごしに照らした。間違いなく、南吉だとわかった。

「南吉、ど、どうして……」

竹弥はこみあげる懐かしさに胸をふさがれ、言葉が続かなかった。

「竹弥、久しぶりだな。済まねえ。こんなことをして。おめえに会いたくてな」

「おらに会いたくて、ここまできたのか。そうか。わ、わかった」

咄嗟に、南吉の切羽つまった何かがひしひしと迫ってきた。

「そっちへ廻れ。板戸を開ける」

済まねえ、済まねえ……

繰りかえした南吉の掠れた声を、木々のざわめきがかき消した。

南吉は綿入れの格子の半纏に、股引に素足だった。竹弥と向き合って端座し、冷えきった身体を震わせつつ、手拭の頰かむりをとった。

嗚呼、と竹弥は声が出た。

七年前、こんな凜々しい若い衆になったのかと驚いた、あのときの二十歳の南吉の姿は、目の前の南吉にはなかった。ぱっちりと見開いた力強い目は、今は落ちくぼんで力なく黒ずみ、頰は瘦けて皺を刻み、肌は干からびてさえ見えた。まだ二十七歳なのに、月代ののびた髷には白いものがいく筋も走っていた。

竹弥は、みすぼらしくくたびれ果てた南吉の姿に、目が潤むのを抑えられなかった。火桶を南吉の膝のそばにおき、

「火にあたるといい。庫裏にまだ温かい茶があると思うから、とってくる。何か食べるか」

と、ささやき声で言った。だが、南吉はうな垂れた首を左右にした。それでも、竹弥は庫裏へいって茶を淹れ、急いでにぎり飯を拵え運んできた。

「冷や飯しか残ってないが」

「済まねえ」

南吉はにぎり飯を貪り食い、ぬるい茶を喉を鳴らして飲んだ。少しは腹の足しになり、渇きも癒され、ほっと息を吐いた。

「七年ぶりだな、南吉。少し痩せたな。身体は大丈夫か」

竹弥は、またこみあげてくるものを抑えた。

「おらに用があって、きたのだろう」

南吉は湯のみを掌に包み、こくりと頷いた。半纏を着けた両肩が、呼吸するたびに上下した。

「なんでも言ってくれ。どんな用なのだ」

「済まねえ。ずっと考えて、竹弥にしか頼めねえと、思った。手を貸してほしいが、けど、もしかしたら、おめえに、迷惑をかけるかもしれねえんだ」

「言ってくれ。迷惑でもかまわないよ。手伝ってやる」

竹弥は即座に言った。

「お父っつあんがひとりで守ってきた田畑を、おらは守れなかった。虫にやられたり稲が病気になったりが続いて、名主さまに借金が増えて、田畑を名主さまの借金の形にとられちまった。おらをできの悪い百姓だ、馬鹿だとみんな言う。おらも自分の所為だとわかっちゃいる。おらはもう、何もかもどうでもよくなっちまった。自棄になって、博奕に手を出して、またつまらねえ借金ができて、それからずるずると身を持ち崩して、今じゃ牛次郎親分の三下だ。おら、親類のおっちゃんやおばちゃんにも、五人組のみんなにも、申しわけねえ、済まねえとは思っているんだ。けど、小作になった自分が情けなくてな」

「知ってるよ、南吉。つらいことが、続いたんだね。可哀想に。上手くいくときもあれば、いかないときもある。仕方がないよ」

「青山村の店に、ずっと戻ってねえ。何もかもほったらかして一年半になる。おらが生まれて育った店は、おらと同じで、ぼろぼろだ」

「あばら家になっていたね」

「見たのかい」

「南吉の噂を聞いて、もしかして会えるかもしれないと思ったから」

「けど、本心は店のことが、田んぼや畑のことが気になってならなかった。自分が許せなくて、いっそ死んじまえと思っていたんだ。三月前だ。居ても立ってもいられなくてな。夕方、薄暗くなってから、こっそり青山村へ戻って、店の様子を見にいった。夕方から出たまん丸いお月さんが、ぼろ家を青白く照らして、物の怪の棲み処みてえだった。店に入って、せめて、仏壇だけでもと、月明りを頼りに、蜘蛛(くも)の巣や埃(ほこり)を払ったりした。そしたら、お父っつあんも、爺ちゃんも婆ちゃんも、ご先祖さまも祀った仏壇までほったらかしにした自分が情けなかった。こんなことをしちまって神罰が下される、もうとりかえしがつかねえ。自分が許せなくて、泣けて泣けて涙が止まらなかった」

南吉が沈黙し、庭の木々のざわめきが聞こえた。それから、南吉は続けた。

「そのときだ。おらの名を呼ぶ声が聞こえたんだ。女の声だった。吃驚(びっくり)してふりかえったら、板戸のはずれた戸口に人影が立って、おらを見てた。東の空のまん丸の月がのぼって、くっきりとした影しか見えなかった。けど……」

「誰だったんだい」

「青山村のおことを、覚えているか」

「覚えているとも。目の綺麗な、可愛い娘だった。そうだ、おことも、母ひとり娘ひとりだったな」

「おれたちがきのころ、おことのお父っつあんは、おれたちがきにはわからねえわけがあって、村にいられなくなったんだ。それから、おっ母さんとおことは二人だけになった。お袋がいなくなったおらとおことは似てた。おことのおっ母さんが流行病(はやりやまい)で亡くなったとき、おことは十三歳で、叔父さんの了右衛門さんの店に引きとられた。おらのお父っつあんが亡くなったのはおらが二十歳のときだった。十三歳でおっ母さんを亡くしたおことは、さぞかし寂しかったろうな」

「そうだな。おことは寂しかったろうな。では、その声はおことだったんだね。影しか見えなくても、おことだとわかったんだね」

南吉は頷いた。

「おことはどうして、そこにいたんだい」

するとと南吉は、首を横にふった。沈黙ののち、南吉は言った。

「南吉さんと、影がまた呼んだんだ。おら、おめえおことかって聞きかえしたんだ。そしたら、まんまるお月さんの下で影が頷いて、南吉さんがいるような気がしてきたって、おことが言ったんだ。上手くは言えねえが、おら堪らねえ気持ちに、不思議なくれえ堪らねえ気持ちになったんだ。今でもその気持ちは変わらねえ。爺ちゃんや婆ちゃん、おらを捨てたおっ母さんやお父っつあんにも感じたことのねえ気持ちだった。おら、牛次郎親分の三下だ。牛次郎親分に使われているただの雑魚だ。親分の手下らに混じって青山村へいったら、田んぼも畑もほったらかしにしたあの馬鹿が、と村の者らは白い目でおらを見る。ふん。どう見られてもかまわねえ。百姓なんかもう嫌だと思ってたし。けど、おことは違った。おらを白い目で見なかった。おらを、哀れんで見てた。おらにはそれがわかった。おらも、おことにお父っつあんもおっ母さんもいねえのは、おらと同じだなと、ずっと思ってた。牛次郎親分の三下になって、青山村に帰らなくなってからおことを見かけたのは、一度きりだ。だから、それまではおらと同じだなと、おことのことは、それだけだった。それまでは、それだけだったんだ」

「それまでは？　そうか。南吉、その夕方、おまえ、おことと……」

南吉はまた頷いた。

「胸が一杯になって、おことのことが片ときも頭から離れねえ。おことと次も、おらのあばら家で会った。ひっそりと、誰にも知られねえように用心した。別れるときに、次に会う約束をささやき声で交わした。けど、三度目に会って別れるとき、おことは次に会う約束をしなかった。叔父さんに気づかれそうだと、やくざの女房にはなれないとおことは言った。暗くて見えなかったが、おことは泣いていたかもしれねえ。おこととはそれきりだ。仕方がねえのさ。おらは田畑を捨て、村を捨てたろくでなしだ。今に無宿に落ちる三下やくざだ。やくざの女房にはなれないと言われりゃあ、かえす言葉もねえ」

「南吉、おらに何を頼みにきた。おらにできることを言ってくれ」

「廻りくどい話をして、済まねえ。その旅人とは、二度会った。歳は四十五、六らしいが、見た目はもっと老けて見えた。あまりよくねえ咳を、時どき苦しそうにしてな。四日前の昼すぎ、その旅人が柴崎村の東願寺の賭場にきたんだ。おらは三下だから、牛次郎親分の使い走りやら、馬屋の糞の片づけなんかを、やらされてる。おらが牛次郎親分の使いで東願寺の賭場にいったとき、その旅人がおらに、青山村の南吉かと話しかけてきた。知らねえ旅人だったが、そうだとこたえたら、頼みてえことがあるからこいと、人気のねえところに連れていかれたんだ。旅人はおらに、いいか、間違えるんじゃねえぜ、と念押しした。明後日の夜明け前、水戸道と高野山道の追分にひとりできてくれ。誰にも言うんじゃねえ。牛次郎親分にもだ。必ずひとりでだぜ、としつこく繰りかえして、おめえとおことのためだと言い添えたんだ。おら、旅人がおことの名を口にしたんで、面喰らってまごついた。けど、旅人はそれだけを言ってさっさといっちまったんだ」

「四日前の明後日なら、一昨日だね。追分にいったのかい」

「いったよ。おれとおことのためだと言われたんだ。胸の音が他人に聞こえるんじゃねえかと思うくらいどきどきした。夜明け前のまだ暗いころ、追分にいって、旅人さん、と呼んだら、松の木陰から、ひとりか、と声がかかった。おら、旅人に近づいて、おらひとりだ、用をうかがいやすと聞いた。そしたらいきなり、おれの手をとってこいつをわたされた」

南吉は、半纏の懐から紺の手拭のひと包みを出し、竹弥の膝の前においた。

竹弥は手拭の包みを解き、あっ、と声をあげた。行灯の薄明かりが、二十五両の小判二包みの山吹色を鈍く照らした。

「旅人は、おらにこいつをにぎらせて言ったんだ。いいか。これはおれが稼いだ金だ。おめえにやるから、おめえが役にたてろ。おめえはやくざから足を洗って青山村へ帰れ。村へ帰ったらおことと所帯を持って、これを元手に百姓の暮らしをとり戻すんだ。おことをこれ以上悲しませたり、苦しめたり、つらい目に合わせやがったら、そのときは承知しねえ。おめえをぶった斬るからそう思えってな。おら、どういうことか、わけがわからなかった。旅人は、呆気にとられたおらを、しっかりしろと叱って、がきだったおめえを知ってる、おめえは母親がいなくなって、いつも寂しそうにしてた、おれが声をかけても、すぐに逃げ出した、と言った。それから、おことの腹の子を父無し子にするんじゃねえぞ、子供に寂しい思いをさせるんじゃねえぞ、と言ったのが最後だ。旅人の影が、暗い高野山道を去っていくのを、おら、ぼんやり見てただけだ」

「おことの腹の子？　するとおことは、南吉の子を孕んでいるのか」

竹弥は言った。だが、南吉はうんともすんともこたえなかった。

「もしかして、旅人はおことの父親なのか。おらたちがまだ子供のころ、おらたち子供にはわからないわけがあって、おことと母親を残して青山村から姿を消した父親だったのかい」

「あとで思い出した。おことの父親の、名は寛助だ」

南吉は言った。

「うん。そうだったな。寛助さんだ」

「気が動転して、旅人の名を聞くのも忘れてた。旅人が青山村の寛助なら、凄腕（すごうで）の渡世人だと、亡くなる前の爺ちゃんがお父っつあんに話していたのを、覚えている。爺ちゃんは、青山村からとんでもねえ無宿が出たと言いながら、寛助は凄いやつだと、ちょっと自慢げだった」

「南吉、それで……」

竹弥は南吉を促した。

「根戸村の尾張屋源五郎親分が、我孫子宿の上坂で斬られたと聞いたのは、夜が明けてからだ。馬屋の糞の片づけをやってたとき、馬糞の片づけをおらとやってる若いのがいて、そいつが、昨日の晩、根戸村の源五郎親分が斬られて死んだらしいぜと言ったんだ。誰が殺ったかわからねえ、けど、懐を狙った強盗やら追剝の仕業じゃねえ、源五郎親分に恨みを持ったやつか邪魔に思っているやつの仕業らしいぜと、そいつは言ったんだ。おら吃驚した。わけもなく、胸がどきどきした。青山村から松戸宿までを通す荷送の請人を誰に任すか、その件で根戸村の源五郎親分と柴崎村の牛次郎親分がもめているのは、おれたち三下だけじゃねえ、誰でも知ってる」

「この寺にも、噂だけは伝わってきた。根戸村の源五郎親分を殺ったのは柴崎村の牛次郎親分じゃないかと……」

「源五郎親分が斬られたのは三日前だ。あの夜、牛次郎親分は柴崎村の店で酒宴を開いてた。とり巻きの兄さん方も酒宴にいたし、それはおらたち三下も知ってる。だから、牛次郎親分の仕業じゃねえと思う。ただ、親分と兄さん方は朝早く出かけたけど……」

「牛次郎親分の差し金で、誰かが源五郎親分の始末を金で請け負ったと、そんな噂が聞こえているよ」

「誰かって、誰だい」

「それは知らない」

南吉は俯き、眉をひそめて考えた。

「南吉、この金が、源五郎親分殺しの請料だと、思っているのかい。もしかしたら寛助さんかもしれないその旅人が、牛次郎親分の頼みを請けて、源五郎親分を斬ったと思うのかい」

「わからねえ、そんなこと。けど、おら、この金でおこととやりなおすことはできねえ。おことだって、承知するわけがねえ」

南吉は、声を絞り出すように言った。

南吉と竹弥は沈黙し、境内の木々を騒がせる風の音だけが聞こえた。

七

「南吉は、旅人からわたされた五十両を、わたくしに預かってほしいと、そのために、あの冷たい風の夜、わたくしの僧房に忍んできたのです。預かった五十両は、詳しい理由は伏せてありますが、師のお許しを得て、ご本尊のご仏前に供えております。ご覧になりますか」

朱恵が言った。

市兵衛は、いえ、とこたえた。

「南吉さんは、朱恵さんに旅人の五十両を預け、そのあと、どうするつもりだったのですか。いつまで預かることになったのですか」

「わからねえと、南吉は言っておりました。この金をどう扱ったらいいのか、算段がついたらとりにくる。必ずとりにくる。そう長くはかからない。それまで頼むとです。それから、もしも、いつまでということではなしに、わたくしがおかしいと不審を覚えるくらいのときがたってもとりにこなかったら、たぶん、自分はもう二度ととりにこられないと思う。そのときは、この金を陣屋に届けて事情をすべて話し、陣屋がこの金をどう扱うかは任せるしかないと、そうも言っておりました。わたくしはかえす言葉がありませんでした」

「二度ととりにこられない、と言ったのですか」

「はい。南吉はそう申しました。それと、今ひとつ。おことに、おれが済まねえと言ってたと、伝えてくれ。間違っても、旅人のことはおことに教えちゃあならねえぜと……」

朱恵は唇をかみしめた。そして、連子格子の窓のほうへ目をやった。その目がなぜか、赤く潤んだ。

　庭の鳥の囀りが、連子窓の障子戸ごしに聞こえている。

「もう一度お訊ねします。南吉さんの居所に、お心あたりはありませんか。又造というまた従弟も、南吉さんと一緒にいるはずなのです。もしかすると、南吉さんと又造の、二人の命にかかわりのある事なのかもしれないのです」

　市兵衛は、再び問いかけた。

「子供のころ、南吉と二人だけで、利根の芝原河原をあてもなく歩き廻ったことが時どきありました。上流の根耕地のほうまでいった川敷に、ずっと昔、百姓渡しだった船寄せがあって、川縁に船渡しの人足が寝泊りしていた小屋がありました。一本の檜が枝を広げているそばです。人家から遠いので、今はもう使われておらず、わたしたちが子供のころには、小屋に人気はありませんでしたが、あの小屋が残っていたら……」

　夕方、市兵衛は利根川の渡し船に乗った。

　西の空にだいぶ傾いた天道が、利根川の水辺や芝原河原に群れになって飛びたつ小鴨や、ずっと下流の白鷺の一群を赤く照らしていた。前夜、宿をとった青山

村の旅籠の前土間に入ると、年配の亭主が内証からすぐに出てきて、

「お戻りなさいませ」

と、歯の抜けた顔を愛想よくゆるませた。

「これ。お客さまのお戻りだよ。濯ぎを頼むよ」

亭主が宿の奥へ呼びかけた。へえい、と声がかえって、紺木綿を裾短に着け、襷がけの頬の赤い小女が、桶を提げて小走りに現れた。

濯ぎの間、宿の亭主は市兵衛の傍らに着座し、話しかけてきた。

「いかがでございましたか。よい話がお聞きになれましたか」

市兵衛が、青山村の南吉を訪ねて江戸からきたことは、もう村中に知れわたっている。

「確かなことはまだ何も。しかし、南吉さんが草鞋を履いて青山村を出たとは、思えないのですが」

「南吉は百姓が嫌になって、長いこと村に戻ってこず、柴崎村の牛次郎の手下も同然の自堕落な暮らしに染まっております。今ごろはどこかの賭場にでも入り浸って、馬鹿についていて遊び惚けておるのか、それとも、すっからかんにされて身ぐるみ剝がされ、もう山に埋められたか、川か沼の底に沈められておるのかもしれ

ません。もっとも、無事に戻ってきても、牛次郎にこっぴどく痛めつけられるのが落ちだと、みな申しておりますがな」

「ご亭主。昔、青山村の上流のほうにも、百姓渡しの渡船場がひとつあったと聞きました。川縁に檜の木があって、その下に人足が寝泊りしていた小屋が建っていたと聞きました。もうずっと前に使われなくなったと」

　亭主が少し考えた、はいはい、と痩せた首を頷かせた。

「ございました。わたくしが子供のころまでは、久寺家（くじけ）や布施などの百姓衆が、川向こうに用がある折り、青山村の渡し場までは遠いので、その渡し場を使っておりました。と申しましても、金谷堤から利根川の川敷まで一里ほどもある真菰（まこも）の原や沼地の細道を抜けていかなければなりませんし、ひとりや二人では物騒ですし、いつとはなしに使われなくなったようでございます。川縁の小屋も元々が粗末な仮小屋同然でございますので、今も残っているかどうか、怪しいもんでございます。まさか、あそこの小屋が気にかかるのでございますか。いくらなんでも、あんなところで見つかるのは、鴨か烏（からす）の糞ぐらいでございましょうね。暗くなりましたら物の怪ぐらいは顔を出すかもしれませんが」

　あはは……

亭主は自分の軽口を面白がって笑った。

その夜ふけ、宿の女が来客を告げにきた。

客は、柴崎村の牛次郎と会ったとき、牛次郎の左右に居並んで市兵衛の様子を凝っとうかがっていた四人の手下のひとりの、巳ノ助という男だった。

巳ノ助は小柄ながら、俊敏そうな身体つきの若い衆で、手拭を頬かむりにした奥の狐目で、対座した市兵衛の様子を冷ややかに見つめた。

「巳ノ助さんでしたね。ご用をうかがいます」

「お訊ねの南吉が、見つかりやした。又造さんもいらっしゃいやす。ご心配なく。二人とも若鮎みてえに、ぴんぴんしておりやすぜ。お希なら、これからご案内いたしやすが、いかがいたしやすか」

「巳ノ助さん、昨日、牛次郎さんにお会いしたあと、ほかにも南吉さんの話を聞くことができました。南吉さんと又造の行方知れずのわけが、おぼろげながら推量できました。もしかして、牛次郎さんは、本途は南吉さんと又造の居所をご存じではないかと、思えてきたところでした。案の定、巳ノ助さんが見えた。二人の居所に案内していただけるならありがたい。案内をお願いいたします」

「ほう。そう思えてきたところでございやしたか。では、あっしの申し入れは渡りに船みてえなもんでございやすね。早速、ご案内いたしやす。ただし、何分、場所が遠くになりやす。遅くなりやすとこちらの宿に迷惑がかかりやすんで、今夜の宿はうちが用意いたしやす。こちらは引き払っていきやしょう」

「その場所は、遠いのですか」

「へい。それと念のために申しておきやす。南吉と又造さんの居所は見つかりやしたが、少々、こみ入った事情がからんでおりやす。ほんのちょっとしたいき違いで、ふり出しに戻る事態もなきにしもあらず、でございやす。でございやすんで、南吉と又造さんが見つかったことは、今はまだご内分に願えやす」

「心得ました」

市兵衛は頷き、両刀をとった。

第四章　血煙り河原

一

王子権現の参道に軒庇(のきびさし)をつらねた中の一軒の、茶屋《狐火》の二階座敷。

胡蝶(こちょう)の舞う襖(ふすま)模様の間仕切を閉て(た)ただけの三畳間に、七郎次とお八重はひとつ布団の中にいて、ぴたりと頬(ほほ)を寄せていた。

お八重は、七郎次の首筋に太り肉(じし)の白い両腕をからみつけ、もう絶対に離すまいとするかのように締めつけていた。

「お八重、苦しい。息ができない。ちょ、ちょっとゆるめておくれ」

と、七郎次は息苦しそうに首を伸ばして、はあ、はあ、と荒い息を吐いた。

「いやいやいや、もう絶対離さない。あたし、こんなに嬉しいのは、生まれて初めてなのよ。嬉しいって、思いっきり叫びたいくらい、嬉しいんだから」
お八重は、七郎次が布団から首を出そうとするのを、両腕をからみつけたま
ま、七郎次の上になったり下になったりして、もっとよもっと、とせがみ続け
る。
「七郎次さんはもうきてくれないんだって、あたし、本途につらくて死んでしま
いたいくらい悲しかったんだから。誠心誠意、精一杯、あたしの本途の真心を、
あたしの涙と心の血で書き綴って、優しい七郎次さんならきっと迎えにきてくれ
ると信じて、江戸の深川の《椿》でお待ちしていますと手紙を出したのに、今日
か明日かといくら待っても、七郎次さんはきてくれなかった。嗚呼、ひどい。ど
うしてこんなにむごい目に遭わなきゃならないのと、泣かない夜はなかったわ。
深川の椿から王子の狐火に替わったのも、もう七郎次さんを諦めるしかない、い
っそ朽ち果ててしまおうと、泣く泣く決めたことなのよ」
「はあ、はあ、だっておお八重、それは、おまえが祝言を挙げる直前になって、若
い男と欠け落ちしたから、お八重が自分で招いたことじゃないか。わたしに恥を
かかせて、むごい目に遭わされたのは、はあ、はあ、わたしじゃないか」
「いやいやいや。もうそれは言わないで。元はと言えば、みんなあたしが悪いの

よ。あたしが馬鹿よ、馬鹿でした。だから今こうして、一所懸命、七郎次さんにつくしているじゃない。つくしてつくしてどこまでも、七郎次さんと絶対に離れない。たとえ地獄の果てまでもついていくわ。王子権現さまが導いてくださったのよ。お八重、そうしなさいってね。ね、だから、もっと元気を出して」

と、お八重は甘え声を鼻にかけ、七郎次を無理矢理まさぐった。

「あら、どうしたの。坊やは元気がないのね。もうくたびれたの。でも大丈夫。あたしがつくして元気にして、あ、げ、る」

お八重の息が七郎次の耳をくすぐる。

「わかった。お八重の、ま、真心はよくわかっているよ。けど、今はちょっとだけ、休ませておくれ。一服させてくれないか。莨が喫いたいんだよ」

「ええ？　やだあ」

いいからいいから、と七郎次は太り肉のお八重の腕を首筋からやっとはずし、俯せの恰好で布団から顔を出した。三年前より髪がだいぶ薄くなった小さな髷が、あらぬほうを向いて月代に乗っている。

「莨ね。つけてあげるから、待ってて」

お八重は、有明行灯のそばの莨盆に手を延ばした。片手一本で器用に莨盆の煙管に刻みをつめた。

　火入れの火をつけると、暗がりに小さく煙を、ぷっ、とくゆらした。

「はい。お莨をどうぞ、旦那さま」

戯れて、お八重は七郎次に煙管を咥えさせた。その間も、赤い襦袢の乱れ姿で七郎次に抱きついたまま、片ときも離れまいとしている。

「ありがとう」

七郎次もわざと甘えた口調で応じ、鼻のわきの目だつ黒子を指先でかいた。

「ねえねえ、七郎次さん。狐火の旦那さんには、いつ身請けの話をつけてくれるの。あたし、わくわくしてるのよ」

「明日、狐火のご主人に話をつける。大丈夫。金は充分に用意してある。金額が決まればその場で落籍せ、おまえはすぐに身支度にかかるんだ。身の廻りの物だけで、余計な荷物は持っていかないぞ。みんな処分してしまえ」

「えっ、そんなのいやだ。要らない物なんてない。七郎次さんと離れてから寂しさに耐えかねて、少しずつ買いそろえた品ばかりなんだから。どれも、いつか七郎次さんと一緒になるときを思って、これも、あれもあったほうがいいって、いろいろ考えた思い出がこもっているの。ねえ、荷馬を頼めばいいんじゃない。道中の間だけ、人を雇って運ばせるのでもいいし」

「だめだめ。余計な物は全部手離す。古い物はもう要らない。物だけじゃない。思い出もだ。新しい物に全部買い換えてやるから、何も不自由はない。安心してわたしについてきたらいいのだ。お八重の身ひとつと、身の廻りの物だけがあればいいのだ。わかったね」

お八重は、三年前の七郎次とはちょっと様子の違うことに気づいて、すがっていた手と身体の力が抜けた。七郎次はそれには気づかず、吸い殻を火皿に残したまま、からん、と煙管を莨盆に投げた。

そして、逆にお八重のむっちりとした肉づきのいい体を抱き寄せた。

「身軽な旅拵(たびごしらえ)で、できれば明日の午後には出立したいな。誰にも邪魔されない、二人だけの旅の始まりだ。楽しい旅になるぞ。夜が明けるのが待ち遠しい。お八重もそう思うだろう」

七郎次はお八重の身体をゆさぶり、お八重は戸惑いを覚えつつ頷(うなず)いた。

「明日の泊りは、板橋(いたばし)宿にするつもりだ」

途端、ええっ、とお八重は素の少し低い声をもらしていた。

「明後日の早朝、宿を発(た)ち、女の身では無理はできないけれど、桶川(おけがわ)宿ぐらいまではいきたいな」

「ちょっと待ってよ、七郎次さん。あんた何言ってんの。我孫子宿へ戻るのに、どうして板橋やら桶川やらなの。方角が違うじゃないの。我孫子宿なら、千住かせめて浅草じゃないの」

「我孫子には、戻らない。いいかお八重、明日の旅だちは、わたしとおまえの新しい門出だ。二人手に手をとって、上州へいく。上州の桐生へいって、新しい商売を始めるんだ。桐生に知り合いがいる。町役人じゃないが、町の顔役だ。その知り合いを頼る。新しく商売を始めるだけの充分な元手も用意した。桐生はな、絹市が盛んで、他国から人が大勢集まって、上州一の商いの町だ。おまえは大船に乗った気持ちで、すべてわたしに任せてついていてくればいいのだ」

「そんな。それじゃあ、我孫子宿の問屋場のお役目とか、家業の金物商はどうすんの。我孫子の親類へ、挨拶廻りはどうすんのさ」

「全部捨てる。もう我孫子宿の七郎次はいない。名前も変える。お八重の名前も変えて、新しく生き直すんだ」

「馬鹿なこと言わないでよ。そんなことできるわけないじゃ……」

お八重は言いかけて、有明行灯だけの薄暗がりの中でもわかるくらいに大きく目を瞠り、あっ、と言った。

「何をしたの。あんた、何をしたのさ」

お八重は、抱きつく七郎次を押しやって、動揺を隠さなかった。

「いやだ。もしかしてあんた、お、お役人に追われてるの」

「うろたえるんじゃない。心配すんな。ちゃんと考えてやっているんだ」

お八重は、七郎次を押し退けた恰好で言った。

「あ、あのね。昼間、火の番の久八さんが、変なことを言ってたの。二、三日前から、変なやつがここら辺をうろついてるのを、見かけたんだって。参詣客とかじゃなくて、ここら辺のお店に雇われているのでもないし、余所者に違いないんだけど、妙に目つきの鋭い男らが、ただここら辺をぶらぶらしてるだけなんだって。あれはもしかしたら、岡っ引じゃないかって、町方がなんか探ってるんじゃないかって、久八さんが言ってたの」

七郎次はお八重を抱きすくめようとはせず、急に口を堅く噤んだ。有明行灯の薄暗がりを透かして、凝っとお八重を睨んだ。

「ええ、そうなのって思ったけど、岡っ引が何を探ってるんだろうと思ったら、ふと気づいたのよ。うちの通りの向かいに、そば屋の《稲葉屋》さんがあって、そこの二階の同じ部屋に、二、三日前からお客さんが入っててね。そう言えば、二階のその障子戸だけが少し透かしてあるの。障子戸に人影がうっすらと差して、誰かが外を見ているらしいのよ。やっぱり二、三日前から。うちのお姉さん方と、稲葉屋さんの二階のあの部屋は、ずっとお客さんが入っているみたいねって言ったら、お芳(よし)姉さんが、この前、あそこの透かしからこっちを見てるお客と目が合ったたって。向こうはすぐに目をそらしたけど、なんだか、稲葉屋の二階の部屋からこっちをのぞかれてるみたいで、気味が悪かったわ」

そのときだ。七郎次がいきなり布団をまくりあげ、飛び起きた。

「何すんのさ。寒いじゃないの」

お八重は乱れた赤襦袢(じゅばん)の恰好に布団をかいこんで、七郎次を見あげた。

七郎次の小さな髷が、月代の上でぴょんぴょんと跳ねた。

「ままま、また、くくる。お八重、き、今日は、ももももう帰る。あのその、なななんだ……」

言葉つきが急に乱れ、しどろもどろになった。

素っ裸になって、布団にまぎれた下帯を引っ張り出し、震える手で締めなおした。股引(ももひき)を穿(は)いたそのとき、階下の板戸を不気味に激しく叩(たた)く音がした。

だんだんだんだん……

七郎次とお八重は、えっ？　と顔を見合わせた。

「何？　なんなの」

お八重が怯えた。

「誰かきた」

七郎次の声がかすれた。

二

「御用により検めである。戸を開けよ。戸を開けよ」

田野倉順吉の要請により、検めに遣わされた勘定所道中方・八橋広太郎配下の検め方の侍が、茶屋・狐火の表の板戸が震えるほど激しく打った。

検め方の音声と板戸を打ち震わす音が、夜ふけの参道に突然響きわたり、王子村のほうで犬が吠え始めた。

東の空高くに、青白い半月がかかった刻限だった。

八橋の指示により、道中方から差し遣わされた侍は三名で、襷をかけ、手甲脚絆に袴の股だちを高くとった二本差しである。田野倉順吉も、裁っ着け袴に襷がけの両刀を帯びて、三名の後ろに控えていた。

また、王子村の十名ほどの村役人と番太らが、提灯を提げて六尺棒や突棒や刺股などを抱え、検め方の応援に従っていた。

検め方の物々しい音声と板戸を打つ音で、戸内が急に騒がしくなった。ぱたぱたと土間に草履が鳴って、「ただ今。少々お待ちを」と、店の者の慌ただしい声がかえってきた。

板戸が引き開けられ、村役人のかざした提灯の明かりが、戸内の主人らしき男を照らした。主人が手にした手燭の火が、動揺して震えている。

検め方の三名が素早く前土間に踏み入り、田野倉、村役人らが続いた。村役人らは二人を残して、折れ曲がりの土間を通り抜け、茶屋の裏手へ廻っていく。念のため裏手を抑えることを、あらかじめ示し合わせてあった。

店の間からあがる段梯子の上に、茶汲女や客の男らが集まり、前土間の検め方を見おろしている。

店の間に行灯が灯され、主人が検め方に辞儀をして言った。

「ど、どのような御用のお検めでございましょうか」

「茶汲女のお八重に客がついておるはずだ」

検め方が言った。

「は、はい。本日夕方、旅のお客さまがお八重をご指名になられ、ただ今は二階の部屋にてお休みでございます」

「その者に御用の検めである。即刻、お八重の部屋へ案内いたせ」

主人はうろたえつつも、段梯子を上っていき、検め方と田野倉は、土足のまま主人に従って段梯子を軋ませた。

「みな、御用のお検めだから部屋に戻って、戻って」

主人は、上に集まった茶汲女や客へ、前を開けるように手をふって見せた。

茶汲女らが甲高い声をあげて騒ぎ、狭い廊下を震わせて部屋へ戻っていく。

「お客さま、御用のお検めでございます。お八重、戸を開けるよ。いいかい」

主人が狭い廊下に跪き、お八重の部屋の襖ごしに言ったが、返事はなかった。

「お八重……」

「よい。検めである」

検め方が胡蝶の模様の入った襖を、勢いよく引き開けた。

　すると、狭い三畳間に徳利(とつくり)や皿の膳、莨盆、有明行灯、寝乱れたあとの布団が散らかっていて、布団をかいこんだ赤い長襦袢のお八重が、布団のかたわらにべったりと坐り、おどおどと検め方を見あげていた。

　三畳間の出格子窓が、開け放たれたままになっていた。窓の外に裏手の木々の影や王子村の田畑が、月下の闇の彼方にぼうっと広がっている。

　七郎次の姿はすでになかった。

「お八重、お客さんはどうした」

　主人が戸惑いつつ、部屋をのぞきこんで質(ただ)した。

　お八重は震える指で、開け放たれたままの窓を差した。

「おのれ、逃げたか」

　検め方と田野倉が部屋になだれこみ、お八重は悲鳴をあげて部屋の隅(すみ)へ俯せにうずくまった。

「逃げたぞ。裏へ逃げたぞ」

　検め方が窓から叫んだ。窓の下には、裏手に廻った村役人のかざす提灯の灯が右往左往している。そのとき、

「いたいたあ。そこだ。逃がすな」

提灯の灯が声のしたほうへ、わあっと集まっていき、月下の田野を引き裂くように呼子が吹き鳴らされた。

王子村から豊島村へと続く野道に、渋井と御用聞の助弥、助弥の下っ引の蓮蔵がぶらぶらしていたところへ、王子権現のほうで吹き鳴らされた呼子が、田野の静寂を引き裂いた。

「あ、呼子ですぜ。まさか、逃がしたんじゃねえんでしょうね」

助弥が、王子権現のほうを見遣って言った。

「拙いんじゃねえんですか、ありゃあ」

ただならぬ気配の呼子の音に、蓮蔵も言った。

ふうむ、と渋井はうなった。

「助弥、蓮蔵、怪しい人影を見逃さねえようにしろよ」

渋井が二人に声をかけ、助弥と蓮蔵が、「合点だ」と短くかえした。遠くで、犬の鳴き騒ぐ声が続いている。

夜はまだまだひんやりとして震える寒さながら、東の空に高くあがった半月が、王子村から豊島村への田畑を、暗くおぼろな銀色の景色に染めていた。

呼子が続けて吹き鳴らされ、ほどもなく野道の先に、いくつかの提灯らしき小さな明かりが彼方此方に蠢いた。人の言い合う声も聞こえた。

渋井は尖ったいかり肩を、一度交互に上下させてほぐした。それから、野道を王子権現のほうへ踏み出した。

「どうやら、簡単に御用とはいかなかったようですね」

助弥が渋井に従いつつ言った。

「あの騒ぎぶりじゃあ、そうらしい。案外にすばしこい男なのかもな」

「問屋場の銭箱をかっさらうぐらいの抜け目のねえ男ですから、宿役人と商人の外側とは違う本性を隠していやがったんですかね」

蓮蔵が言った。

「てめえでてめえを持て余すってこともあるさ。人の性根は、ひと筋縄ではいかねえ。そうじゃねえか、蓮蔵」

「仰る通りで。あっしにも身に覚えがありやす。酒を呑んだ次の朝、目が覚めたらてめえの店の布団の中にいるんですがね。前の晩、どうやって店に戻ったか、いつの間に布団にくるまったのか、まったく思い出せねえんです。ありゃあ不思議だな。てめえでてめえのことがわからねえ。つくづく、人の性根はひと筋縄じゃあいかねえことがわかりやす」

「そいつはちょっと違うがな」

ぷっ、と噴いた助弥が、

「あっ、人がきやすぜ。旦那」

と、口調を険しくした。

駆け足で向かってくる足音が、野道の先に聞こえてくる。

「どうやら、捕まえ損ねたようだ。逃げ遂せてきやがった。こっちのほうを押さえといてよかったぜ。助弥、蓮蔵、抜かるなよ」

へい、と二人が声をそろえた。呼子が足音を追って鳴り続けていた。

たったたった……

足音とともに、野道の前方の暗がりにまぎれていた人影が、次第にくっきりと形を表し、それにつれ、激しい息遣いが夜の静寂の中で乱れた。

渋井は町方の白衣に黒羽織の定服ではなく、紺青の上衣に小倉の縞袴の股だちを高くとっていた。

町方でも二刀は帯びるが、捕物に使う得物は、主に朱房の十手である。

渋井は腰の十手を抜き、右わきにだらりと垂らした。

やがて、夜目にも鼻のわきの黒子がわかる七郎次らしき男が現れた。

七郎次は数間先まできて、渋井らに気づき、駆け足をゆるめた。七郎次は裸足（はだし）だった。数歩進んでから、歩みを止めた。激しい息遣いを繰りかえし、ずんぐりとした身体を、上下にゆらしていた。

素裸に上着を一枚羽織っただけを尻端折（しりはしょ）りにして、角帯を無造作に締めた恰好だった。片方に柳行李（ごうり）の荷物と合羽、菅笠（すげがさ）を抱え、片方には黒鞘（くろざや）の道中差をしっかりとつかんでいる。

「よう。おめえ、我孫子の金物商の七郎次だな」

渋井が先に声をかけた。

「な、なんだ、おめえら。物盗（と）りか」

七郎次は息をはずませつつ言った。髷はもうざんばらに乱れている。

「北町奉行所の者（もん）だ。我孫子宿問屋場公金着服の廉（かど）で、金物商の七郎次をお縄にかけるぜ。これ以上逃げようたって、もう無理だ。観念しな」

「冗談じゃない。人違いだ。こっちは急いでるんだ。迷惑だ。そこ退け」

「人違いだと。道中方の役人に追われ、慌ててそんな恰好で逃げ出して、今さらしらばっくれて、田舎芝居を夜空のお月さんが笑ってるぜ。七郎次、大事に抱えた柳行李、我孫子宿問屋場の公金の金貨百十三両に銀貨二貫はまだ無事に仕舞（しま）ってあるのかい。我孫子から江戸まで、さぞかし重かったろうな。けど、そいつはおめえのもんじゃねえ。ここまでどんな夢を見て旅してきたか知らねえが、そろそろ目を覚ます潮どきだぜ」

渋井は朱房の十手を、肩にかついで言った。

「おまえら木っ端役人が、知ったことじゃない。口出しするな」

後方の提灯の灯がゆれ、呼子が吹き鳴らされている。

七郎次は追手を気にかけ、「くそっ」と吐き捨て、野道の周囲を見廻した。月下に広がる田畑は、銀色の闇に静まっている。

「こんな夜ふけに、田んぼの中を逃げ廻るのはやめとけ。肥溜めに落ちて、糞まみれで捕まるのが落ちだぜ」

渋井がなおも言った。

「畜生め。そうかい。わかったよ。こんな物、てめえらにくれてやる」

七郎次は菅笠や合羽や柳行李の荷物を、道端の田んぼへ抛り投げた。そして、道中差の柄をにぎって喚いた。

「てめえら木っ端役人に、有金全部くれてやる」

「むだだ。つまらねえ真似はするな」

だが、七郎次は明らかに捨て鉢になっていた。道中差を抜き放ち、鞘も投げ捨て、渋井へまっしぐらに向かってきた。

渋井は十手を肩にかつぎ、凝っとしている。

七郎次が道中差をふり廻した途端、瞬時にひるがえった十手が、かあん、と火花を散らして道中差を打ち払った。

道中差がはじきかえされ、七郎次の身体がわきへ流れた。

すかさず、渋井は一歩を踏みこんで、七郎次のこめかみへ十手を見舞った。

わっ、と七郎次はざんばら髪をふり乱した。

片膝を落とし、顔をしかめた。

しかし、助弥と蓮蔵がとり押さえにかかるのを、よろけながらも起きあがり、道中差を闇雲(やみくも)にふり廻した。

「しょうがねえな」

渋井が舌打ちした。

そこへ、検め方の侍衆と田野倉が、提灯をかざした村役人らとともに、ようやく駆けつけた。

「我孫子宿金物商・七郎次、むだな手向かいはやめよ。大人しく縛(ばく)につけ」

た。

検め方が怒声を投げた。

七郎次は追手へふりかえって、田野倉を見つけた。

「あ、おまえは、金ヶ作の手代じゃないか。そうだ、田野倉だ。田野倉順吉だ。覚えているぞ。おまえが手引きしたのか。この野郎っ。源五郎殺しはどうなった。そっちはほったらかしか」

と、道中差をかざした七郎次が、田野倉へ向かっていった。

田野倉がためらいつつ刀の柄に手をかけたそのとき、助弥の投げた鉤縄が、七郎次の道中差をかざした手首に、くるくるとからまった。助弥が鉤縄を引くと、七郎次は身体をよじり、引き戻されるのを堪えた。

「おのれ。腐れ役人どもが、そろいもそろって……」

七郎次は喚いた。道中差の柄を両手でつかみ、甲高い悲鳴をひと声発した。そうして、道中差を自分の首筋にあて、一気に走らせた。

だが、それより一瞬早く、からん、と渋井の十手が七郎次の道中差を夜空へはじき飛ばしたのだった。

飛ばされた道中差がくるくると舞って月光に照らされた。

七郎次は呆然として、道中差を空ろな目で追った。

「そうは問屋が卸さねえ」

渋井が、ちぐはぐな左右の目をいっそうちぐはぐにして言った。

すると、七郎次は両膝を力なく落とした。首を木偶(でく)のように垂(た)れた恰好で、何かに凭(もた)れかかるようにゆっくりとうずくまった。それから頭を抱え、うわあっ、と激しく嗚咽(おえつ)し始めた。

遠くの犬の鳴き声はなおも止まなかった。

三

東の空高くに、青白い半月がかかっている。

利根川の渡船場から漕(こ)ぎ出した小茶船(ちゃぶね)の胴船梁(どうふなばり)に、市兵衛は腰かけていた。艫(とも)の巳ノ助の漕ぐ櫓(ろ)の音が、夜ふけの静寂の彼方(かなた)へ流れて消えていく。

巳ノ助は、手拭を頰かぶりにして長どすを帯びている。

市兵衛は菅笠を目深(まぶか)にかぶり、半合羽にくるまって、川筋をさかのぼる小茶船の舳(へさき)の前方を見つめていた。夜空一杯の星と淡い月明かりが、利根川の流れと両岸の芝原河原を、うすぼんやりと映し出していた。

風はないが、夜ふけの重く静かな冷気が川筋にたちこめていた。

船縁から少し離れた川面に、ぽちゃり、と魚が跳ねた。

と、南側の芝原河原の芝の陰から、人影が現れた。人影は、川縁に近いところを進む船の市兵衛を見守るかのように、船に合わせて歩み出した。人影は、市兵衛を乗せて船がくることを見張っていたと思われ、芝の間に見え隠れした。

しかししばらくして、人影は船よりも先へ俊敏に駆けていき、芝原河原の前方の闇へ姿を消した。

「巳ノ助さん、まだ遠いのですか」

市兵衛は、艫の巳ノ助に背を向けたまま声をかけた。

「もうすぐ、そこでやす」

素っ気なく、巳ノ助はこたえた。

なおもときがたち、やがて、南側の芝原河原の前方に、檜らしき一本の樹影が黒く浮かび出てきた。

あれか。市兵衛は思った。

川縁に繁った灌木の枝が水面まで広がった陰に、船寄せの歩みの板が見えた。

歩みの板へ船が寄せていき、ごとり、と船縁が触れた。

巳ノ助が先に歩みの板へあがり、杭に舳の綱を舫った。

「こちらへ。ご案内しやす」

歩みの板から川縁を二段、三段とあがって灌木の間を抜け、一本の檜の樹影と、樹影の下に藁屋根の粗末な小屋が傾いている芝原河原に出た。

小屋の前を細道が芝原の間を通っていて、八体の人影が細道をふさぐように、巳ノ助と市兵衛へ向いてたむろしていた。八体のうちの一体は、見あげるほどの巨漢の影だった。

だが、南吉と又造らしき人影はなかった。

「着きやしたぜ」

巳ノ助は先をいきながら市兵衛へちらと見かえり、小走りに八体の人影へ駆け寄っていった。

巳ノ助が人影の一体に話しかけた。

聞き覚えのある甲高い笑い声が沸きあがって、枯れた芝原をざわめかした。

市兵衛は同じ歩調をかえず、柴崎村の牛次郎と巳ノ助ら四人の手下に、巨漢の沼次の相貌が見分けられるところまで、だんだん近づいていった。

牛次郎の銀鼠の着流しが、天上の月光に青白く映えて、裾や襟元の下着の朱色の縁どりが紫色に見えた。気どって斜にかまえ、痩身を独鈷(どっこ)の博多帯で締め、長どす一本を落とし差しに帯びている。

巳ノ助に頷きかえしながら、手拭の頬かぶりの下から市兵衛へうっすらと笑いかけていた。

牛次郎の両わきを固めた三人も、黒ずんだ着流しの尻端折りに、手拭の頬かぶりと長どすの一本差しである。

だが、沼次は着物を尻端折りにしているだけで、だらりと垂らした太長い手にも腰にも得物はなく、頬かぶりもなかった。

ほかの三人は、粗末な半纏(はんてん)を長手拭で締め、股引を着けただけの、蓬髪(ほうはつ)と無(ぶ)精髭(しょうひげ)のみすぼらしい人足風体だったが、垢(あか)じみた手に竹槍(たけやり)をにぎっている。

五間（約九メートル）ほどの間をおいて、市兵衛は牛次郎の横に並びかけた巳ノ助に言った。

「巳ノ助さん、南吉さんと又造はどこにいる。姿が見えないが」

即座に、牛次郎が鋭い笑い声を甲走らせた。手下らも、牛次郎と一緒になって、市兵衛を嘲るように笑い出した。

ひとしきり笑ってから、牛次郎が言った。

「唐木市兵衛、だったね。巳ノ助は嘘を言っちゃあいねえ。南吉と又造の居場所に、おめえはちゃんときてるよ。慌てるな。今、会わせてやる」

　牛次郎はまた、けたけたと笑った。

「牛次郎さん、よく笑うな。わたしが南吉さんと又造に会うことが、そんなに面白いか」

「ふん。洒落くせえ。だが、今はまだいいだろう。お楽しみの前のおまけだ。二人を出しておやり」

　牛次郎が人足らに命じた。

　人足の三人が、敷居からはずれそうな傾いた板戸を引き開け、暗い小屋の中で喚き、怒声を発し、後手に縛められた南吉らしき痩せ細った背の高い男と、ずんぐりした又造を引きずり出した。

　人足らは、二人を牛次郎の足下に転がした。

　二人は、自分で立つこともできないほど弱って、ぐったりとしていた。

　市兵衛が踏み出すと、牛次郎が叫んだ。

「くるんじゃねえ。二人ともぶった斬っていいのかい」

　長どすを抜き放ち、片手上段にかざした。

市兵衛は足を止め、牛次郎と睨み合った。すかさず、巳ノ助が、南吉と又造の後ろ襟をつかんで、市兵衛へ顔を向けさせた。

「ほら、ちゃんと顔をお見せするんだよ。おめえらを訪ねてわざわざ江戸から見えたお客さんだよ。行儀よくしねえか。お約束通り、こいつが南吉でこっちが又造でやす。間違いありやせんね」

巳ノ助は面白がって、市兵衛を見てにやついた。

南吉も又造も、暴行の痕がどす黒く腫れ、両眼はふさがり、鼻血や唇のきれた血が固まり、髷は歪んで髪がざんばらになりかけていた。口髭や月代が延びて、着物も色や文がわからないほど汚れていた。

南吉も又造もうな垂れた頭を持ちあげ、市兵衛へ顔を向けたものの、瞼は殆ど開かなかった。

「南吉さんだな。唐木市兵衛と申す。捜していた。又造さん。唐木市兵衛だ。覚えているか。本石町の《伊東》で一度会っただろう。親方の左十郎さんに頼まれて、又造さんに会いにきた。わたしがわかるか」

南吉はうな垂れた頭を弱々しくふり、又造は唇を震わせ何か言ったが、言葉は聞きとれなかった。

「又造さん。何も言わなくともよい。ひどい目に遭わされたな。もう大丈夫だ。南吉さんと共に、連れて帰るぞ」

市兵衛が言うと、牛次郎と巳ノ助ら四人がけたたましく笑った。

人足の三人も笑い声をくぐもらせたが、沼次だけはぼうっとしたまま、表情ひとつ変えなかった。

「もう大丈夫だとよ。おめえらとんちきを連れて帰るとよ」

巳ノ助が面白がって、南吉と又造の頭を平手で叩き続けた。

「やめろ、巳ノ助。何もできぬ者をいたぶるのが、面白いのか」

「なんだと。素浪人が、気どるんじゃねえ。笑えるぜ」

「ところで唐木、こうやって、ずっと行方知れずだった南吉と又造を、おめえのために見つけてやった。苦労した甲斐(かい)があった。で、こうやっておめえのために見つけてやったんだから、礼をするぐらいの礼儀は、わきまえているだろうね。たとえばさ、このとんちきの又造は、てめえでてめえの値打ちを三百両と言ったのさ。このとんちきが、笑えるだろう。けどせっかくだから、又造を見つけてやった礼は、三百両にするよ。で、こっちの南吉は、まともに百姓もできずに村を追われたも同然のろくでなしだ。そうだね。南吉は五十両にまけてやる。どうだい。礼はそこら辺で手を打つってえのは……」

　牛次郎は刀身を肩にかついで、ねばりつきそうな薄笑いを寄こした。

「そうか。五十両か。それを聞いて腑に落ちた。牛次郎さんは、南吉さんが持っていた五十両を捜しているのか。欲しくてたまらないのか」

うむ？　と牛次郎は薄笑いを消した。

「唐木、五十両の話を誰に聞いたんだい。南吉の持っていた五十両の在り処を、おめえ、知っているのかい。」

「さる人物から、南吉さんの五十両の話を聞くことができた。その五十両は、南吉さんが別のさる人物から預かった金だ。誰かが、その五十両を欲しくてたまらず、南吉さんをそんな目に遭わせ、また従弟の又造まで巻きこんだのか。で、次はわたしまで巻きこもうとしているのか。わたしを捜して次の者がきたら、その者も巻きこむのか。五十両欲しさのためにきりがないな」

　市兵衛は菅笠をあげ、周りの芝原河原を見廻した。月下の景色が果てしなく広がり、闇の彼方に消えていた。

「牛次郎さん、礼の金額を決めるには、今少し、詳しい事情を聞かせてくれないか。わたしは南吉さんのまた従弟の又造に会うため、青山村の百姓の南吉さんを訪ねただけだ。それが、南吉さんの居所がわからないばかりか、又造にも会えなかった。牛次郎さんに手数をかけさせ、ようやく南吉さんと又造に会えたが、二人はこんなにまで痛めつけられ、人家から離れたこの小屋に閉じこめられていたのだな。牛次郎さん、なぜだ。誰が、何が狙いでこんなことをした」

ちっ、と牛次郎が少々苛(いら)だって舌打ちした。

「てめえがなんのために、どんづまりのここまできたのか、事情ぐらい知っておきたいのはもっともだ。まあいいだろう。簡単な事情だから、聞かせてやる。おめえの言うさる人物が南吉にわたした五十両は、元はあっしの金なのさ。さる人物があっしの金を盗んだ。だから、そいつをかえしてもらいたくて、南吉を捜し出した。でだ、見ての通り、南吉と南吉にくっついていやがった又造を見つけ出したってわけだ。わかったかい」

「妙だな。さる人物が南吉さんにその五十両をわたしたことを知っているのは、さる人物と南吉さん、それから、不審に思った南吉さんが五十両を預けたもうひとりのある人物、その人物から聞いたわたしだけのはずだが、牛次郎さんはどうやって南吉さんがさる人物から五十両をわたされたと、知ったのだ」

「どうやってもこうやっても、あるもんかい。あっしから五十両を盗んださる人物をとっ捕まえて白状させたのさ。五十両をかえせと問いつめ、その野郎は畏れ入って、斯く斯く云々と白状したのさ。わかったかい」

「盗んだ五十両を、南吉さんにわたしたと白状した、ただそれだけで、南吉さんのみならず、かかり合いのないまた従弟の又造まで巻きこんでこんなところに閉じこめ、これほど痛めつけなければならなかったのか。牛次郎さん、子供でもそんな戯言は真に受けないぞ」

そのとき、ぐったりしていた南吉が、くぐもった声で口を挟んだ。

「う、嘘だ。違う。親分は、寛助さんの五十両を狙って、し、始末……」

「てめえ、余計なことを言うんじゃねえ」

巳ノ助が南吉の頭に拳を浴びせた。南吉は力なく首を折った。

「よせというのに、わからないのか。その手を斬り落とすぞ」

巳ノ助は市兵衛を憎々しげに睨みかえしたが、ふりあげた拳を止めた。

市兵衛は牛次郎に向いた。

「牛次郎さん、どうやら、南吉さんの五十両を廻って、ただの五十両だけではない、ひと筋縄にはいかない厄介な事情がからんでいそうだな。わかった。それだけ聞けば充分だ」

「そうかい。それで充分かい。なら、南吉があっしの五十両をどこのどいつに預けたか、まずはそいつが誰か、聞かせてくれるかい。預かっていただいた礼を懇ろに言って、かえしていただくからさ」

「南吉さんの五十両は、確かに大金だが、こんなことまでして五十両ごときが欲しかったのか。まだ五十両が諦めきれないとは、呆れた強欲ぶりだな。それとも余ほどけちな、しみったれた性分なのかもな。牛次郎さん、過ぎたるはおよばざるがごとしだぞ」

　頰かぶりの下の牛次郎のひと筋に結んだ薄い唇が、怒りを露わにして歪んでいた。長どすの刀身の峰で、肩を叩きながら言った。

「唐木、おめえ、案外に食えない男だね。こっちもだんだんわかってきたよ。よし。みんな、おまけの余興はここまでだ。ああ、つまらないおまけだった。本番はこれからだ。いいね、手はず通りに始めるよ」

　廻りの手下らが一斉にうなった。

「沼次、おまえの出番だ。唐木をこねて団子にするなり、四つに畳んでぺしゃんこにするなり、沼次の好きなように料理してやりな」

　牛次郎は、長どすを市兵衛に向けた。

「任せろ」

と、廻りの男らが見あげる中、沼次は大きく一歩二歩と踏み出した。

市兵衛は、まさに天を衝く巨体が地響きをたてて迫ってくるのを、凝っと動かず見守った。

四

しかし、沼次は冷然と佇立する市兵衛を見おろし、低くうめいた。

何を思ったのか、不意に藁屋根の朽ちかけた小屋へ方角を転じ、どしんどしんと足音をたて、獣のように吠えた。

ぶうん、と太く長い腕をふり廻し、小屋の土壁へ拳を叩きこんだ。土壁が粉々に砕け、煙のように破片が飛散した。傾いていた小屋は軋みをたててゆれ、土壁にはぽっかりと大きな穴が空いた。

さらに沼次はひと声吠え、もう一方の拳を土壁に突き入れ、またひとつ大きな穴が空いた。小屋はゆれ、ぎりぎりと軋み、いっそう傾いて、屋根の藁が束になって落ちた。

傾いた小屋の震えが止まり、倒壊はかろうじてまぬがれた。

「潰してやるでよ」

沼次は市兵衛へ向きなおって、うなり声をあげた。

たちまち市兵衛に迫り、団扇のような大きな掌で、事もなげに市兵衛をひと薙ぎにした。ごおお、と風がうなって、掌の一撃で、身体を沈めた市兵衛が地面に打ち倒されたかに見えた。

だが、打ち倒されたかに見えた市兵衛の身体がすっと起きあがって、反対からの掌のひと薙ぎを、またしても身体を低くしてかいくぐり、沼次の後ろへ後ろへと廻りこんでいった。

沼次は市兵衛を追って、巨体に似合わぬ身軽さで蹴りを飛ばした。

沼次の大きな足が、足下の枯れた芝や石ころや土くれを舞いあげ、牛次郎と左右の手下らにばらばらと降りかかった。

わあっ、と牛次郎と手下らは頭や顔を蔽って伏せた。

一方の市兵衛は、易々と沼次の死角へ死角へと廻っていった。

咄嗟に沼次は逆廻りに転じ、市兵衛へ凄まじい掌の一打を浴びせた。

ぎりぎりにかがんでよけたが、団扇のような掌は市兵衛の頭部をかすめた。

菅笠が潰れて吹き飛び、市兵衛自身も地面に叩きつけられた。

「よし、今だ。首根っこを圧し折ってやりな」

牛次郎が甲走った声を投げた。

「ちょろいもんだ」

沼次がぼうっとした顔つきで言った。

ところが、市兵衛はひと回転して素早く起きあがっていて、総髪の髷の乱れを両手で撫でつけ、半合羽や袴の汚れを手で払った。

「沼次、凄いな。危うく頭が砕かれるところだったぞ」

市兵衛は言いながら、沼次の左へ廻りかけ、急に右へひるがえって、沼次との間を保った。

「唐木、ちょこまかと逃げるだけなのかい。意気地がないね、素浪人でも侍のつもりなら、刀を抜いて戦ったらどうだい」

牛次郎が嘲って言った。

「素浪人、どうした。怖気づいて腰が定まってねえぜ」

巳ノ助が喚き、手下らはげらげらと笑った。

すると、市兵衛は沼次へ向きなおり、

「待て、沼次」

と、手を差し出して沼次の動きを制した。

市兵衛の意外なふる舞いに、沼次は一瞬気勢を削がれ、首をかしげた。

「おぬしの相手になってやる。おぬしを相手に、刀は無用だ。すぐに得物を用意する。よいか」

首を傾げた沼次は、ぼうっと市兵衛を見つめている。

市兵衛は川縁の灌木の林へいき、一本の柊の細枝を抜き打ちにきりとった。葉や小枝を打ち払い、一尺五、六寸（約四五〜四八センチ）ほどの長さにして刀を納めると、掌で数回しごいた。そうして、ひとふりして、びゅん、と宙で鞭のようにしならせた。

沼次も牛次郎らも、気をそそられて見つめている。

「ありゃあ、なんだい」

牛次郎が呟き、巳ノ助が、さあ、と首をひねった。

市兵衛は柊の小枝をわきへ下げ、軽くふりつつ沼次の正面に再び立った。

「沼次、待たせた。得物は用意した」

と、小枝を沼次の顔面へ真っすぐに差し出して言った。

「いざ、勝負」

すると、牛次郎と手下らが、どっと笑った。

「あ、あれかよ。がきの、遊びか。あいつ、ただの馬鹿だ」

あは、あは……

と、巳ノ助は市兵衛を指差し、腹をよじった。

終始ぼうっとしていた沼次も、市兵衛の差し出した小枝の得物を見て、口元をゆるめた。

「さあこい、沼次。この得物に怖気づいたか。心配無用。種も仕かけもない。ただの小枝だ」

市兵衛が枝の先端を、くるくると廻して見せた。

突然、沼次は青白い月光を浴びるかのように、太い両腕を夜空へ差しあげ、雄叫びを発した。

瞬時に踏み出し、見る見る市兵衛に肉薄するや、上から左下、右下、腕をかえして再び左下、右下へと、長く太い掌の打撃を浴びせかけた。

ぶうん、ぶうん、と掌が巻きあげる風が市兵衛の髪をなびかせた。

市兵衛に反撃の術はなく、沼次の打撃を、左右上下にすれすれに躱しつつ、ずるずると後退するしかなかった。

沼次の一打一打ごとに凄（すさ）まじいうなりが生じ、獣のような吐息は夜ふけの寒気を渦巻になって乱した。そうして、一打ごとに大きく踏み出し、市兵衛を川縁の灌木の林へ追いつめていった。

右や左へ転ずる隙もなく、市兵衛の背中で灌木の枝が折れた。

沼次は息を荒くし、岩塊のような両肩を上下させていた。

「逃がすな、沼次」

巳ノ助が叫んだ。

と、沼次は市兵衛に蔽いかぶさって、半合羽を着けた首筋を押さえ、ひとひねりにした。

だが、ひとひねりした半合羽の下に、市兵衛はいなかった。沼次は市兵衛の半合羽をつかんだ恰好で体勢を前のめりにくずし、枝葉をばきばきと折り砕きつつ、灌木の林に突っこんでいったのだった。

一方の市兵衛の痩軀（そうく）は、沼次が蔽いかぶさったわずかな脇の隙間（すきま）からするりと抜け、ひと回転して片膝立ちに身がまえていた。その手に小枝はなく、刀の柄に手をかけ、沼次のみならず、牛次郎と手下らへも備えていた。

と、灌木の林に突っこんだ沼次が、獣のように吠えていた。

があ、があ……

邪魔な灌木の枝葉を叩き折り薙ぎ払って、怒り狂って起きあがった。

巨体を動かすのにかなり疲れた様子で、目にまで延びた月代の髪が、汗でべったりと狭い額に張りついていた。

沼次は喉を不気味に鳴らし、片膝立ちの市兵衛を、怒りに燃える目で睨みつけた。そして、再び大股で突き進んできた。

市兵衛は立ちあがって身体を低くし、抜刀の体勢をとった。

と、三歩四歩と歩みを進めるにつれ、沼次はふと何かに戸惑って小股になり、やがて立ち止まった。

怒りに燃えた目は空ろに濁り、苦しげに喘いで喉を繰りかえし鳴らした。月光を浴びてそびえていた巨体を丸め、やがて両膝を落とした。

市兵衛のかざした小枝が、沼次の喉元の天突よりやや上のあたりに刺さり、うなじにまで突き出ていた。

沼次は、喉とうなじの小枝をつかみ、引きちぎるように折った。

沼次はもう雄叫びをあげず、市兵衛を睨みもしなかった。

ただ、喉を押さえ、しきりに口の中のものを吐き出そうとして、口をぱくぱくさせた。そして突然、口からどっと血を吐いた。溢れ出た夥しい血は、かすかな月光に照らされ、青黒く見えた。

それを見守っていた男らのひとりが、悲鳴をあげた。

沼次の巨体は前のめりにゆっくり傾き、土埃と枯れた芝を巻きあげて倒れた。

やおら、市兵衛は立ちあがり、抜刀した。

ゆっくりと牛次郎へ向かっていった。

牛次郎と巳ノ助ら手下の四人も、竹槍を手にした三人の人足らも、異様な顚末に気圧され、じりじりと後退した。

誰も思いもしなかった事が、起こっていた。

誰もが、こいつはなんだと、ようやく気づいていた。ただの素浪人一匹じゃなかったのかよ、と思っていた。

市兵衛は南吉と又造の傍らに立ち、声をかけた。

「南吉さん、又造さん、帰るぞ」

二人がふさがった目で、市兵衛を見あげた。又造は市兵衛に小さく何度も頷いて、腫れた瞼の隙間から涙を零した。

市兵衛は二人の縄をきった。

そこへ、牛次郎の金切声が甲走り、芝原河原の静寂を引き裂いた。

「やっちまえ。こいつらを片づけちまいな。生かしちゃおけないよ」

真っ先に斬りかかってきたのは巳ノ助だった。

やいやいやい……

巳ノ助がかけ声とともに枯れ芝を蹴散らし、長どすを大上段にふりかざした。

それを半歩すれすれに躱し、市兵衛は巳ノ助の長どすをにぎった片手を斬り払った。巳ノ助の手首から先が、長どすとともに宙へ飛び、芝原にはずんだ。巳ノ助が片腕を抱え、声を引き攣らせ、桶のように転がった。

巳ノ助のあとに、平六、朝太、房吉の三人が束になって続いていたが、市兵衛が転がった巳ノ助を飛び越え、最初に平六を右からの袈裟懸に仕留め、かえす刀で朝太の顔面を割った。

平六は四肢を投げ出して仰のけに転倒し、朝太は頬かぶりの手拭を斬り裂かれて、顔を蔽ってうずくまった。斬り裂かれた手拭が、ひらひらと舞った。

三人は痛い痛いとうめき、泣き喚き、芝原に転がったり坐りこんだりした。

沼次の凄まじい最期を見せられ、みな怯んでいた。嵩にかかって攻めたてる勢いは失せ、切先は鈍かった。

残りは牛次郎と手下の房吉、竹槍を手にした三人の人足らだった。

しかし、市兵衛が八双にかまえた途端、三人の人足らは、それ以上は堪えきれずに竹槍を捨て、「化け物だ」と叫びつつ、てんでに芝原河原の闇の彼方へ逃げ去っていった。

市兵衛は、房吉とその後ろの牛次郎へ歩みつつ言った。

「牛次郎さん、ずい分少なくなった。まだやるか。観念のしどころではないか」

牛次郎と房吉は、じりじりと退る一方である。

「なかなかやるね、唐木。おまえさえその気なら、仲間にしてやってもいいんだよ。あっしと手を組みゃあ、いい思いが一杯できるかもよ」

牛次郎が、真顔になっていた。

「埒もないことを」

市兵衛はにべもなく言った。

「そうかい。わかった。よし、房吉、二人でかかりゃあこんな素浪人一匹、わけないさ。いつもの手で、鱠にしてやるよ」

牛次郎は長どすを口に咥え、銀鼠の着流しを尻端折りにした。半月のかすかな月明かりが、牛次郎の長い足を白々と浮かびあがらせた。

房吉は両膝を折り、中腰で長どすをわきにためている。

房吉は奇声を発し、ずず、とわきに長どすをためたかまえで踏み出した。しかし、市兵衛とはまだ間があった。

「かかれ、房吉」

牛次郎が叫んだそのはずみに、房吉は前の市兵衛でも後ろの牛次郎でもなく、横っ飛びに身を転じて、芝原河原を全力で走っていった。

「房吉、てめえっ」

牛次郎が喚いたが、

「知るか……」

と、その声と共に房吉はたちまちかき消えていった。

「牛次郎さん。これまでだ」

市兵衛が進むと、

「き、きやがれ」

と、牛次郎は後退しながらも上段にとった。

そして、一歩を引いた後ろ足を突っ張り、枯れ柴を蹴散らし、躍りあがって大上段より市兵衛に打ちかかった。

市兵衛がそれを、かあん、と受け止めた。両者は刃を咬み合わせたまま、動きが止まった。牛次郎は市兵衛を押し退けようと、ずる、とひと足をかいた。二刀の鋼がきりきりと軋んだ。

だが、市兵衛はびくともしなかった。

「牛次郎さん、いくぞ」

牛次郎を睨んで市兵衛が言った。

「打ち殺す」

牛次郎が言った瞬間、市兵衛のひと突きが牛次郎をふわりと押しあげ、突き飛ばした。両者にできた瞬時の間に、すかさず市兵衛の一刀が牛次郎の二の腕を跳ねるように一閃した。

ぴゅう、と二の腕から血が噴いた。牛次郎は悲鳴を絞った。片膝づきに身体をかがめ、血の噴く腕をかばった。

「牛次郎さん、あんたを斬る気はない。この顚末を洗い浚い話してもらわねばならぬからな」

「洒落くせえ。そうはいくか」

と、牛次郎が懸命に足掻いて立ちあがり、逃げ出したその後ろ股に、後方から投げられた竹槍が突きたった。

牛次郎は、あっ、と転倒した。

ふりかえると、地面に這いつくばった南吉を、又造が懸命に抱き起していた。

「南吉兄さん、やったぜ」

又造が、腫れあがった顔をくしゃくしゃにして南吉に言った。

南吉も又造も、今にも倒れこみそうなあり様だった。

一方の牛次郎はまだ諦めず、後ろ股に突きたった竹槍をゆらして枯れた芝原を這い、もがいていた。

そのときだ。

「おおい、誰かそこにいるのか」

と、遠くの呼び声がかかり、芝原河原のずっと先の青山村のほうから、いくつもの明かりが、向かってくるのが数えられた。

「南吉さん、又造さん、人がくる。たぶん、青山村の住人だろう。この騒ぎを聞きつけたようだ」

市兵衛は南吉と又造へ、ふりかえって言った。

やがて、いくつもの提灯の明かりとそれぞれ得物を手にした一群の男らが、芝原をざわざわと鳴らして、市兵衛らをとり巻くように近づいてきた。

その中に、長禅寺の修行僧・朱恵の姿があった。

朱恵は墨染めの衣に饅頭笠(まんじゆうがさ)をかぶっている。

「唐木さん、朱恵です」

法名朱恵の竹弥が市兵衛に言った。

「朱恵さん、どうしてここへ」

「あれから、南吉の身が案じられて胸騒ぎがしてならず、師のお咎(とが)めを覚悟で寺を抜け出し、唐木さんを昨日お話しした小屋にお連れするため、宿を訪ねました。ところが、暗くなってから人が唐木さんを訪ねてきて唐木さんを連れ出したと聞き、これはきっと一大事に違いないと思ったのです。それで、急いで青山村の名主さまに南吉の事情をお伝えし、こうして村のみなさんに集まっていただいたのです」

朱恵は、村人と市兵衛の間に枯れ芝の中に這いつくばった牛次郎を見おろし、それから市兵衛の後方に、又造の肩にすがってようやく起きあがった南吉を見つけて叫んだ。

「南吉、南吉か、南吉……」

朱恵は南吉の名を繰りかえしながら、市兵衛の傍らを駆けていった。

市兵衛は、朱恵と南吉、又造の三人から村人のほうへ目を戻した。提灯の明かりが、村人の中に、いく人かの見覚えのある顔を照らしていた。

「唐木市兵衛さんですね。村名主の平右衛門でございます。長禅寺の朱恵から事情を聞き、人の命にかかわる重大な事が起こってはと懸念し、こうして村の者を集め、検めにまいりました。この者はもしかして、柴崎村の……」

「はい。柴崎村の牛次郎です」

市兵衛は刀を鞘に納めた。

「この先の小屋に、南吉さんとまた従弟の又造を、閉じこめておりました。事情はのちほどお話しいたします。まずは、疵を負った者がおり手当てをお頼みします。また、死人も出ており、お手数ですが、その始末もお願いいたします」

平右衛門は、ふむ、と頷き、牛次郎を見おろした。

芝原に這いつくばった牛次郎は、平右衛門を見あげ、掌を合わせた。

「お慈悲を、お慈悲を……」

と、哀れみを誘うか細い泣き声で繰りかえした。

そのとき、先ほどまで夜空に高くかかっていた半月はいつの間にか消えていて、満天の星が、呆然と見惚れるほど美しく、清々しくきらめいていた。

終章　旅だち

柴崎村の貸元の牛次郎が、同じく根戸村の貸元の尾張屋源五郎を、青山村と松戸宿を結ぶ新たな荷送の利権をめぐって殺害した狙いとその子細を、市兵衛はのちに知った。

それを市兵衛に話して聞かせたのは、青山村の旅籠（はたご）の亭主だった。

利根川の芝原河原で、牛次郎と手下らとのあの斬り合い事件があった夜から、すでに三日がすぎていた。

市兵衛と又造は、あの斬り合いの顚末（てんまつ）の事情調べがつくまで、青山村の宿に留めおかれていた。南吉は村の五人組の監視の下、自分の店に戻ることが許され、疵（きず）の養生と荒れ果てた店の回復にとりかかっていた。

当分の暮らしは、五人組が共同で助けることになっていた。

先夜の一件の市兵衛と又造の事情調べは、金ヶ作陣屋の手附の亀田某が若い手代と共に出張し、細かに行われたが、長くはかからなかった。

「大筋の調べがつくまで当宿に留まり、無闇に出歩かぬように」

と、手附の亀田に命じられたものの、事情調べはその一度しかなく、はや三日がすぎていたのだった。もっとも、又造が牛次郎と手下らに痛めつけられて弱った身体を癒すには、具合のいい三日でもあった。

　宿の亭主が市兵衛に、南吉と又造が牛次郎にこんな目に遭わされた顛末を、四方山話をするように細々と話して聞かせたのは、陣屋の亀田の訊きとりが済んだあとだった。

「……そういうわけで、あの極悪人の牛次郎め、無宿人の寛助に根戸村の尾張屋源五郎を始末させ、その間、自分に疑いがかからぬよう、あの夜は手下らと酒宴を開いておったのです。けれど、牛次郎は猜疑心が異様に強く、しかも吝嗇なやくざでございましてな。おのれの差し金の源五郎殺しが発覚するのを恐れ、のみならず、源五郎の始末料の五十両を惜しんで、利根川の小堀の渡しに近い人気のない林道で寛助がくるのを待ち受け、追剝強盗に見せかけ始末したというのですから、悪人の性根とは空恐ろしいと、申さざるを得ません」

「まことに……」

市兵衛は亭主にこたえ、市兵衛と並んで聞いている又造も殊勝に頷いた。

「が、天網恢恢疎にして漏らさず、そうは問屋が卸しません。はは」

と、亭主は歯の抜けた口を開けて笑った。

「寛助を始末して懐を探ったものの、なんと、前夜わたしたはずの始末料の五十両がないではありませんか。寛助に仲間がいたのかと、牛次郎は慌てた。寛助は金さえ払えば殺しも請ける一匹狼の無宿人のはずが、違っていたのか。五十両はその仲間が持っているのか、そいつを生かしておいては拙い し、何より、吝嗇な牛次郎は五十両が惜しくてならなかった、ということでございます。牛次郎は事情を承知しているとり巻きの手下らに寛助の仲間を探らせましたが、さっぱりわからない。寛助が我孫子宿に宿をとる前にいたのが、竜ヶ崎の貸元・松之助の店だったそうで、竜ヶ崎まで手下をいかせ探らせたそうですが、それでもわからなかった。そのうちに年が明け、正月の二日か三日だったそうでございます。手下のひとりが、ひょんなことから、なんと、寛助がこの青山村の生まれで、二十年前、誤って人を手にかけ、女房と二、三歳の娘を捨てて欠け落ちした元は百姓だったと、聞きつけたんだそうでございます。申すまでもなく、あたくしも寛助のことは覚えております。寛助を見かけましたら、そりゃあ、驚きましたでしょうな。ところが、牛次郎ととり巻きの手下らは、寛助が青山村の生まれとはつゆほども思いません。知らぬのは当然でございます。牛次郎もとり巻きの手下らも、みな流れ者ですから、二十年も前のこの村のことなど、知るわけがないのでございます。まさに、天網恢恢疎にして漏らさず、でございますねえ」

「はい。そうは問屋が卸しません」

市兵衛が応じた。

「ただ、手下が聞きつけたのはそればかりでなかったのが、このたびの大騒ぎのきっかけになったわけでございます。つまり、寛助の捨てた女房のお治はすでに病で亡くなり、娘のおことが二十歳を過ぎてひとり残っておりましたが、どうやらおことは南吉と懇ろになっていて、しかも、南吉の子を孕んでいるという噂まで聞きつけたんでございます。おことは南吉の子を孕んでいるらしい、という噂はあたくしも知ってはおりましたものの、本途にそうなのかどうか、疑っておりました。何しろ、おことが母親のお治と死別してから、母方の叔父の了右衛門の店に引きとられておりましてな。この了右衛門が、まあ口うるさい頑固な親父で、おことが妙な男につかまらないようにと厳しく見張っておりましたので、やくざの南吉は違うだろうと、内心は思っておりました」

「それで牛次郎は南吉さんを……」

「そういうことでございます。噂が実事なら、おことの腹の子の父親の南吉は、おことの父親の寛助の言ってみれば義理の倅、寛助は南吉の舅になるわけでございます。牛次郎はさぞかし、驚いたに違いありません。南吉はここ一年半余り、百姓に嫌気がさして、青山村には帰らず、柴崎村の牛次郎の身内も同然の三下になっておりましたから、牛次郎は、寛助と南吉は端から組んでいやがったのか、南吉をすぐに連れてこい、と命じた次第でございます。たまたまそこに、こちらのお客さまが……」

と、又造へ手を差し、又造は恥ずかしそうに肩をすぼめた。

「正月に親類の南吉を訪ねて見え、新入りの三下みたいに南吉と一緒におられたところを、この野郎も仲間に違いねえと勘繰られたわけでございます。とんだとばっちりが、かかったもんでございます。まことにお気の毒さまでございましたねえ。もう使われなくなって二十年以上も経つ古い渡船場の、ぼろ小屋に閉じこめられて、ひいふうみいよ……かれこれ六日か七日、牛次郎らにさんざん痛めつけられて、よく一命をとりとめたな、よく助かったなと、つくづく感心いたしました。南吉もああ見えて、案外運の強い男なのかもしれません。寛助にわたされた五十両を、まともな金じゃないと怪しみ、長禅寺の朱恵さんに預けていたことが、ある意味では仏さまのご加護により、南吉とお客さまの命を救ったと、言えなくもございません」

それから、

「それはそうと……」

と、亭主は話を変え、先夜の渡船場の斬り合いで生き残った牛次郎らにどのような処罰がくだされるか、名主の平右衛門から聞いた話になった。

あの一件で疵を負いつつも生き残ったのは、貸元の牛次郎と手下の巳ノ助、同じく手下の朝太で、命を落としたのは沼次と平六の二人だった。

手下の房吉と渡船場の小屋に寝起きしていた人足の三人は、あの場から逃げ出し、以来行方知れずである。

「ああいう手合いは所詮(しょせん)無宿者ゆえ、散りぢりになった牛次郎一家の者ら同様、放っておかれるのでございましょうな」

と亭主は言った。

貸元の牛次郎が陣屋のお縄を受け、柴崎村の牛次郎の馬宿や東願寺の賭場にいた手下らは、斬り合いのあったその夜明け前には、みな蜘蛛(くも)の子を散らすように消えた、ということだった。

我孫子宿と青山村の継立の請人は、当面、根戸村の貸元・尾張屋源五郎の跡目を継いだ若い倅が引き受け、いずれ、問屋場から請人を任されることになるだろうと言われているらしい。

「牛次郎と巳ノ助、朝太の三人は、遠からず、唐丸駕で江戸の代官所に運ばれ、そこでお裁きを受け、また金ヶ作の陣屋に戻され、たぶん、柴崎村で打首になるだろうと、名主さまが話しておられましたな。そうそう、これはただの噂だと、名主さまが仰っておられたのですがね。去年、陣屋の元締の桑山さまがご病気のため退かれ、新たに小曽木さまが江戸より遣わされたのですが、どうやら、小曽木さまは、貸元の牛次郎より相当な賂を受けておられたと、このたびの牛次郎の無謀なふる舞いも、小曽木さまの後ろ盾があったからこそと言われ、小曽木さまも早々に元締のお役を解かれるとの、これも専らの噂でございます。いやはや、いろいろと慌ただしい事態が、今年も続きそうでございますな」

宿の亭主は、そんな話を長々と聞かせて退っていった。

市兵衛と又造に、江戸へ出立おかまいなしのお達しが出たのは四日目だった。

明日早朝に出立という午後、南吉が宿へ訪ねてきた。

江戸からわざわざ訪ねてきてくれたまた従弟の又造に、自分の所為でひどい目に遭わせてしまった詫びを言うためだった。その折り、南吉は言った。

「昨日、根戸村の貸元の尾張屋さんを訪ね、源五郎親分さんの仏壇に焼香をあげさせてもらいました。それで、この間の経緯を包み隠さず伝え、寛助さんから預かった五十両をお供えいたしました。尾張屋さんの若い親分さんに快く受けてもらい、ほっといたしました──」

それから南吉は、二つの菅笠を差し出して続けた。

「こんな物ですが、どうぞ、使ってくだせえ。又造にも唐木さまにも、どんな詫びの言葉も礼の言葉も思いつかねえ、なんて言ったらいいのか、ただただ申しわけねえ気持ちで一杯です。あっしは、本百姓ではねえ小作働きの百姓だけど、やっぱり百姓に戻って生きていきます。何とぞ、お達者で」

「ありがとう、南吉さん。沼次に菅笠を粉々にされたので、新しく用意するところだった。ちょうどよかった。遠慮なくいただきます」

市兵衛が言った。すると、

「おれも菅笠がどっかへいっちまったんで、買わなきゃあと思っていたから、助かった。南吉兄さん、いただきます」

と、又造は快活(かいかつ)に言った。

それから又造は、懐からひとにぎりの布きれの包みを抜き出した。

市兵衛は、扇職人らしい器用そうな手ににぎった包(くる)みを見て意外に思ったが、
平然とした様子を装った。

「南吉兄さん、これを。おれの気持ちだよ。兄さんに礼をしたいんだ」

又造は、南吉と膝をつき合わせて、南吉の手に包みをにぎらせた。

「なんだい……」

と、南吉は訝(いぶか)った。掌の中の包みを解(ほど)くと、二十五両のひと包みと五枚の小判
と銀貨が数枚、昼の明るみを映して鈍く耀(かがや)いた。

南吉は唖然(あぜん)とした。すぐに言葉が出てこなかった。

又造は満面に笑みを浮かべ、嬉しそうに言った。

「これを、兄さんに使ってほしいんだ」

「どういうことだい。こんな大金を、又造、どうしたんだい」

「おれの金だよ。唐木さんが、お父(と)っつあんからおれにわたしてほしいと預かっ
て持ってきてくださったんだ。だから、おれが好きに使っていいんだ」

「何を言うんだ。そんな大事な金を無駄にして、罰があたるぞ。親不孝なことを

「又造、おれの所為であんな目に遭わされたのに。おれはおまえに申しわけなく

してては駄目じゃないか」

南吉が又造にかえそうとするのを、又造はそれでも南吉ににぎらせた。

「これでいいんだよ、兄さん。おれはこうしたいんだよ。この金を兄さんに役だててもらうのが、一番いい使い道なんだよ。おれはね、てめえ自身どう生きていったらいいのかわからなくて、もうどうでもいいや、旅に出て野垂れ死にしてもいいやと自棄になって、ふと、南吉兄さんのことを思い出したんだ。あの利根川のぼろ小屋で兄さんと二人、散々痛い目に遭わされ生きるか死ぬかの瀬戸際だったけど、おれは兄さんと一緒に殺されるなら、仕方がねえやと諦めていたんだ。そしたら兄さんが、又造、諦めちゃあならねえ、望みを捨てちゃあならねえと励ましてくれた。だからおれは、ああそうだなという気がして、九割九分これで終りだと諦めつつ、一分の望みを捨てなかった。そしたら、唐木さんがきてくれて、一分の望みこそが本途だった。諦めちゃあならねえ、望みを捨てちゃあならねえと、兄さんの励ましてくれた言葉が、その通りになったじゃねえか。これっぱかしの金がどれほど役にたつかわからねえけど、兄さんが諦めず、望みを捨てず、新しく生きなおす門出の足しに使ってほしいんだ」

て、ああ言うしかなかっただけなんだ」

　南吉はうな垂れた。

「兄さんの所為なもんか。おれが勝手に押しかけたんだからさ。自業自得さ。ねえ唐木さん」

「うん。そうだな。南吉さんの所為ではない」

　市兵衛は又造に笑いかけた。

　翌日早朝、市兵衛と又造は青山村の旅籠を発ち、我孫子宿、小金宿をへて松戸宿に入った。だいぶ良くなったが、又造はまだ少し足を引き摺っている。無理をせず松戸宿で宿をとり、翌日江戸川舟運の平田船に乗った。

　まだ春は名のみの、肌寒い朝であった。船上を流れる川風は冷たく、川岸に飛翔する鳥の群が朝の光を浴びて騒いでいた。

　又造は船の小縁に両肘を載せ、矢切の川岸のほうを凝っと眺めていた。何か、考え事に耽っているふうにも見えた。やがて、又造は誰に言うでもなく、自問するように言った。

「お父っつあんは、なんて言うかな」

　市兵衛は頬笑みを向けただけで、何も言わなかった。

「市兵衛さん、お父っつあんはなんて言うと、思います？」

又造は市兵衛が黙っているのが、気にかかるようだった。

「そうですね」

と、市兵衛は川風にほつれ毛をなびかせて言った。

「親方なら、又造よく戻った、仕事が支えているぞ、と言われると思います」

「お父っつあんは言いそうだな。黙って、仕事ばっかりしてるもんな。殆ど、仕事のことしか話さねえもんな。けど、やっぱり南吉兄さんのことは、訊くだろうな。南吉兄さんはどうだった、南吉兄さんとどこで何をしてたって。三十両の使い道も、訊かれるだろうな。お父っつあんは、呆れるだろうな」

「そうでしょうか。又造さんがそれでいいと思った使い道なのだからそれでいいと、親方なら言いそうな気がするのですが」

「うん、そうだな。お父っつあんなら、そう言いそうな気がする」

又造はそう言って、また考えた。

「それと、小春も言うだろうな。兄さん、心配したよって。おれは小春に、幸せになれよって、言ってやるつもりなんです」

又造は吹き寄せる川風に頬を打たせながら、少し嬉しそうに、そして少し自慢そうに自答した。

長谷川町の左十郎の店に、北町の渋井鬼三次が、見廻りの途中、ちょいと立ち寄った。引違いの表の障子戸を開けると、前土間があって、前土間続きの店の間が扇職人の左十郎の仕事場と寄付きを兼ねている。

「ごめんよ。ちょいとお邪魔しやすぜ」

渋井が顔をのぞかせ、前土間に雪駄を鳴らした。

店の間の左十郎が扇作りの作業の手を止め、渋井と目を合わせた。

「これはこれは渋井さま、おいでなさいやし」

左十郎は作業中の座を立って、前垂れの木屑を払った。

「仕事中済まねえな。こっちも見廻りの途中なんだが、近くを通りがかって、つい寄ってみるかと思ってね」

渋井の後ろから、御用聞の助弥が、背の高い頭をかがめて表戸をくぐった。

「むさ苦しいところですが、どうぞ、おあがりくだせえ」

左十郎は店の間のあがり端へきて、渋井に手をついた。

「いやいや、左十郎さん、手をあげてくれ。ここでいい。ゆっくりもしていられねえんだ。かけさせてもらうぜ」

渋井は腰の刀もはずさず、店の間に軽く腰かけた。

「おくめ、渋井さまがお見えだ。助弥親分もご一緒だから、茶は二つだよ」

左十郎が、店の間の間仕切の奥へ低い声を投げた。

「左十郎さん、お気遣いは無用だ。茶もいいから……」

言ってるところへ、間仕切を引いておくめが顔を出し、

「渋井さま、おいでなさいまし。助弥親分、ご苦労さまでございます」

と、左十郎に並びかけ、手をついた。

「おかみさん、お邪魔しやす」

助弥が快活に言った。

「やあ、おくめさん。ご亭主の仕事の邪魔をしにきたのさ。済まないね。すぐ引きあげるんだがね」

「渋井さまには年始のご挨拶にもうかがわず、相済まぬことでございます。ただ今小春がお茶の支度をいたしておりますので、どうぞごゆっくり」

「そうかい。済まねえな。じゃあ、茶の一杯だけいただくか。でね、とにかく、何も用はねえんだ。用もねえのに、左十郎さんの邪魔をちょいとしにきたってわ

けさ。なんて言うか、気になってならねえ。それだけなのさ。左十郎さん、おくめさん、又造さんのその後なんだがね。又造さんは今、どんな具合なんだろうね。市兵衛が、我孫子の親類へ訪ねていったんだろう。又造さんでなくても、市兵衛から何か、又造さんの様子を知らせる便りはないのかい」

「はい、渋井さま。じつは一昨日、我孫子宿より飛脚の便りがございやして、唐木さまからお手紙をいただいたんでございやす。手紙は、又造は無事で、あと数日もすれば又造とともに江戸へ戻れるだろう、との知らせにございやした。日数がはっきりしねえのは、少々わけがあって、わけは手紙では長くなるので、江戸に戻ってから話す、とそのように」

「そうかい。市兵衛から手紙が届いたかい。又造さんの身に心配はねえと、そうあったのかい。そいつはよかった。ほっとした。市兵衛がそう言ってきたなら、間違えなく大丈夫だ。一昨日の飛脚で数日中なら、又造さんが戻ってくるのは案外に今日明日かもしれねえな。左十郎さんもおくめさんも、つらい正月だったろうが、又造さんが帰ってくりゃあ、正月祝いのやりなおしをしなきゃあな。わかった。そいつを聞きたかっただけだ。ならもういいんだ。じゃあ、これで失礼しやす。見廻りの途中なんでね。小春にもよろしく」

と、せっかちな性分の渋井はもう腰をあげた。

「あら、渋井さま、まだよろしいいんじゃあ」

おくめが言いかけたとき、小春が店の間の間仕切を引いて、盆に載せた茶を運んできた。小春が姿を見せると、不愛想な職人の作業場が、ぱっと明るくなり、渋井は思わず破顔した。

「よう、小春」

と、腰をあげたばかりの恰好で、気安く手をかざした。

「市兵衛から手紙が届いたんだってな。又造兄さんが無事戻ってくるって……」

渋井が小春に言い、小春は、若くきらきらとした頰笑みを浮かべた。

小春のきらきらした目が、心なしか潤んでいるかのようだった。

「渋井さま、お茶を……」

小春に言われて、渋井は、うん？　うん、とはっきりしない素ぶりを見せた。

「じゃあ、せっかくだから助弥、ひと口、いただいていくか」

「そうっすね」

渋井は小春の提げた熱い茶碗をとり、ぐっとひと口含んだ途端、

「熱、あつ……」

と、慌てて茶碗を盆に戻した。

「あら、熱かった？」

小春は意外そうに、きょとんとして聞きかえした。


青山村の山の木々の向こうで、かけすが鳴いていた。

北の彼方に利根川の流れを見晴らす峠道をくだる途中、山裾に沿って開けたいく枚もの麦畑のひとつの、谷間の小さな畑におことはいた。

畑の畦道に、一本の柿のまだ葉もつけない木が寂しそうに見えている。

おことは、姉さんかぶりの手拭に、ほっそりとした身体へ着古した粗末な紺木綿の野良着をまとい、いつもの腕貫、脚絆、素足に草鞋履きである。

年の瀬に冬の寒気を衝いて発芽した麦は、春の息吹を感じてだんだんと、確実に育っていた。

おことは、麦の成長が自分のお腹の子のように感じられ、嬉しかった。

ちゃんと育ってね、お願いしますよ、とおことは麦の葉茎を見おろしつつ、畝と畝の間のさくを歩んでいる。

山のかけすが鳴いて、その鳴き声につられ、ふと目をあげたとき、畦道の柿の木の下にいつの間にか佇（たたず）んでいる人を見つけた。その人は、畑のおことを凝っと見つめ、おことも少し照れ臭かったけれど、その人から目が離せなかった。

瘦身の、寂しそうな立ち姿だった。

その人がいつから柿の木の下に佇んで、おことを見ていたのか、畝の葉茎を見廻っていて気づかなかった。

かけすが続けて鳴き、照れ臭がっているおことをからかった。

一歩を踏み出すのをためらっていたおことへ、その人は麦畑へ下り、大股を運んでおことの目の前にきた。それでもまだ遠かったけれど、その人の息吹におことはすでに包まれていた。

「おこと……」

と呼ばれ、

「南吉さん」

と、おことはかえした。

「了右衛門さんは、おれのことを許してくれねえし、だから、もしかしてここかなと思ってきてみたんだ。きてよかった」

南吉は、自分に言うように言った。

「南吉さんが村に戻っていたのは、知っていたよ」

おことは言った。

「うん。名主さまにも、五人組のみんなにも親類にも、迷惑をかけたところを一軒一軒廻っていたんだ。了右衛門さんとこへいついくか、それが一番悩んだ。けどいかなきゃあと思っていたのに、おれはぐずだから」

おことの目が潤んだ。

「叔父さんは頑固だけど、ちゃんと話せば、許してくれるよ。本途はね、叔父さんは南吉さんがいつうちへくるかと、気にかけてるよ」

南吉はすぐには言わず、明るい空を見あげた。

「江戸の親類が、元手を貸してくれたんだ。親類は、かえすのはいつでもいいと言ってくれた。名主さまの借金を済ませ、うちの田畑をかえしてもらえることになった。田畑をかえしてもらって、一から出なおすんだ。おことが一緒にいてくれたら、きっと上手くやっていける」

南吉は一歩二歩と、おことに近づいた。

「おこと、おれと一緒にやってくれるかい」

「うん。つらくても我慢してやるしかないよ」

南吉の手がおことの手に触れ、おことは南吉の指に指をからめた。

「おれのお父っつあんの墓と、おことのおっ母さんの墓へ、こうなりましたって、報告にいこう」

おことは「うん」と頷いた。

「それから、おことのおっ母さんの墓には、きっと寛助さんもいると思うんだ。寛助さんにも、世話になりましたと、ひと言伝えて手を合わそう」

おことはそれにも、「うん」と頷いた。

南吉は、おことのお腹のあたりを見て言った。

「お腹の子はどうだい」

南吉は恥ずかしそうに聞いた。

「きっと、お父っつあんに早く会いたがってるよ」

おことが言った。

「おれも早く会いてえ」

南吉も言った。

春の香りが兆し、まだ冷たい早春の風のような明日への希望が、おことと南吉をくるんだ。

一〇〇字書評

春風譜

切り取り線

購買動機（新聞、雑誌名を記入するか、あるいは○をつけてください）

□（　　　　　　　　　　　　　　　）の広告を見て
□（　　　　　　　　　　　　　　　）の書評を見て
□ 知人のすすめで　□ タイトルに惹かれて
□ カバーが良かったから　□ 内容が面白そうだから
□ 好きな作家だから　□ 好きな分野の本だから

・最近、最も感銘を受けた作品名をお書き下さい

・あなたのお好きな作家名をお書き下さい

・その他、ご要望がありましたらお書き下さい

住所	〒				
氏名		職業		年齢	
Eメール	※携帯には配信できません	新刊情報等のメール配信を 希望する・しない			

この本の感想を、編集部までお寄せいただけたらありがたく存じます。今後の企画の参考にさせていただきます。Eメールでも結構です。

いただいた「一〇〇字書評」は、新聞・雑誌等に紹介させていただくことがあります。その場合はお礼として特製図書カードを差し上げます。

前ページの原稿用紙に書評をお書きの上、切り取り、左記までお送り下さい。宛先の住所は不要です。

なお、ご記入いただいたお名前、ご住所等は、書評紹介の事前了解、謝礼のお届けのためだけに利用し、そのほかの目的のために利用することはありません。

〒一〇一－八七〇一
祥伝社文庫編集長　清水寿明
電話　〇三（三二六五）二〇八〇

祥伝社ホームページの「ブックレビュー」からも、書き込めます。
www.shodensha.co.jp/bookreview

春風譜（しゅんぷうふ）　風の市兵衛（かぜのいちべえ）　弐（に）

令和4年6月20日　初版第1刷発行

著　者　辻堂魁（つじどうかい）
発行者　辻　浩明
発行所　祥伝社（しょうでんしゃ）
東京都千代田区神田神保町3-3
〒101-8701
電話　03（3265）2081（販売部）
電話　03（3265）2080（編集部）
電話　03（3265）3622（業務部）
www.shodensha.co.jp
印刷所　堀内印刷
製本所　積信堂
カバーフォーマットデザイン　中原達治

 ISBN978-4-396-34816-8 C0193